KLAUS VIEWEG

Mr. Spock und der malerische Doppelmord in Jena

ein katzenphilosophischer Detektivroman

Akademische Verlagsbuchhandlung
Friedrich Mauke KG

Bibliografische Information der Deutschen Nationalbibliothek
Die Deutsche Nationalbibliothek verzeichnet diese Publikation in der
Deutschen Nationalbibliografie; detaillierte bibliografische Daten sind
im Internet über http://dnb. d-nb. de abrufbar.

Covergestaltung: Olivia Vieweg (Weimar)

Das Buch ist erstmals 2013 unter dem Titel »Mr. Spock und der malerische Doppelmord zu Königsleben« im Verlag Wilhelm Fink, München, erschienen.

Das Werk einschließlich aller seiner Teile ist urheberrechtlich geschützt. Jede Verwertung außerhalb der Grenzen des Urheberrechts ohne Zustimmung des Verlages ist unzulässig.

© by Akademische Verlagsbuchhandlung Friedrich Mauke KG
www.mauke-verlag.de
ISBN 978-3-948259-08-2

Eine Geschichte muss irgendwo spielen. Die meine spielt im thüringischen Jena in einer Irrenanstalt namens Universität. Was weiter? ... Man wird doch wohl noch Geschichten erzählen dürfen.

Frei nach Friedrich Glauser »Matto regiert«

Anstatt sich jeden Abend wieder früh in die Zimmer zurückzuziehen, sollten alle Romangestalten es Melrose gleichtun und lieber ganz im Bett bleiben. Dann bliebe allen eine Menge Mühe und Ärger erspart: die Opfer müssten sich nicht umbringen lassen, der Mörder müsste nicht morden, der Leser müsste das Buch nicht lesen, und vor allem müsste der Autor gar nicht erst mit dem Schreiben anfangen.

Martha Grimes »Inspektor Jury bricht das Eis«

Wozu einen Detektivroman? Um mich selbst zu amüsieren!

Frei nach Michael Innes

Geschrieben für die wundervollen Perserkatzen Julchen, Minchen und Francis, zuallererst ihnen verdankt der Autor diesen Detektivroman!

Dank geht ebenfalls an die Superdetektive Sherlock Holmes, Jane Marple und Hercule Poirot, Nero Wolfe, Lord Peter Wimsey, Gervase Fen, Richard Jury, Adam Dalgliesh sowie an Admiral James Tiberius Kirk und ganz besonders an den Wissenschaftsoffizier des Raumschiffs Enterprise, Mr. Spock.

Typischer Hinweis für Kriminalromane

In vielen Kriminalromanen findet sich der typische Hinweis, dass alle Ähnlichkeiten realer Personen mit den auftretenden Akteuren, mit Handlungen und Schauplätzen rein zufällig sind und nur der Einbildung des Autors entstammen. Alle Figuren existieren ausschließlich in den Vorstellungen des Verfassers und dann vielleicht in denen der Leser. Wie die Göttin Minerva aus dem Kopf des Zeus entsprang, handelt es sich bei der folgenden Story um eine Kopfgeburt aus krimineller Phantasie.

Dieser Hinweis trifft voll und ganz zu, ist aber völlig überflüssig, da auf dem Cover solcher Bücher wie diesem das Wort »Roman« steht.

Muss da nochmals gesagt werden, dass ein Roman romanhaft sei? Wenn Sie aber auf einem weißen Schimmel reiten wollen, bitt' schön! Die Vorstellungen und Gedanken sind frei!

Hauptfiguren des Detektivromans

Vierbeiner (Katzen und Kater):

Mr. Spock	norwegischer Waldkater, Jena
Gottlob Himmelsstern (›*Poirot*‹)	Perserkater, Vatikatzenstadt
Post Mortem (›*Madame Boerne*‹)	German Rex-Katze, Jena
Cyrus	Kartäuserkater, Scotland Yard, London
Sokrates	Europäisch-Kurzhaar-Kater, Jena
Lincoln (›*Uncle Abe*‹)	Maine-Coon-Kater, CSI, Cambridge (Massachusetts)

Zweibeiner (Menschen):

Laurenz Silvester	Professor der Philosophie, Jena
Adrian Neverkühn	Komponist, Privatgelehrter, Kaisersaschern
Fritz Lett (›*Geiger*‹)	Kriminalkommissar, Jena

Angehörige des Instituts für Kunstgeschichte der Jean-Paul-Universität Jena:

Franz A. Monetti (›*Monet*‹)	Professor, Direktor des Instituts
Georg Aufdenblatten (›*Tintenfass*‹)	Privatdozent
Lola Bauerfreund	Sekretärin
Anja Fürstlein	Doktorandin
Heinrich Kliemann (›*Trojaner*‹)	Professor
Arno Landner	promovierter Assistent
Gideon Nostaw (›*Watson*‹)	Professor
Clair Plant	Gastprofessorin
Frank Schlechter	promovierter Assistent

Phantastische Gastauftritte:

Carole Anne Palutski, Richard Jury, Nero Wolfe, Steven Katzberg

Inhaltsverzeichnis

14. Juli 15

Der norwegische Waldkater Mr. Spock 15

Idylle im Haus Baker Street —
Mr. Spock und Laurenz Silvester 15
Katz und Welt 22

Der Bella-Donna-Mord 27

Die Abenddämmerung —
Mord im kunsthistorischen Institut 27
Schauplätze und Atmosphären des Verbrechens 31
Adrian Neverkühn. 34
Die acht Verdächtigen 35
Scottie und Spockie —
Innehalten in der Gartenidylle 54
Der Fall Rembrandt —
Die Beichte des Gideon Nostaw 57
Geigers Rapport 59
Tintenfass in der Bakerstreet 63
Der Krimi als schöne Kunst und Logik —
Die 9 Silvester-Spock-Thesen 65

15. Juli 78

Bella Donna und Schierling 78

Die schöne Frau und Marcel Duchamp 78
Tintenfass tötet Tintenfass 83
Sokrates lässt grüßen 84

16. Juli 90
Drei Perlen der Malkunst 90

Cats of London 90
Schlitzohr und Spitzohr — Seine exzellente
Eminenz und seine eminente Exzellenz 97
Klein-FBI am späten Abend.. 102
Die himmlische Troika —
Holbein, Duchamp und Magritte................................. 106
Spocks nächtliche Reise um drei Gemälde................. 122
Drei oder vier? 128
Laurenz Silvesters nächtliches Date mit Carole Anne...... 129

17. Juli 131
Die Stille vor dem Hurrican 131

Über allen Wipfeln und
in allen Paradiesen ist Ruh... 131

18. Juli 137
Showdown mit Nero Wolfe 137

12 Uhr mittags 137
Murillo und Magritte.. 139
Schlachtenbummler... 140
Die Szene wird zum Tribunal 143
Der Bella Donna-Mord 143
Der Schielringsmord 150
Spock, Poiret und der »Landner-Zettel«..................... 154
Mr. Spocks detektivische Sternstund 157
Nochmals die göttliche Troika —
Holbein, Duchamp, Magritte 161
Die Identität als Ähnlichkeit oder: Doppelt hält besser.... 170
Zuckersüße Aufklärung 175
Schlussakkord mit Hegel-Wein 181

Glossar — Who is who... 187

Kurzmeldung im Jenaer Abendblatt vom 15. Juli

»Doppelmord im Elfenbeinturm – Gifttragödie im Kunsthistorischen Institut

Im Kunsthistorischen Institut der Jean-Paul-Universität ereigneten sich in den vergangenen 24 Stunden zwei mysteriöse Verbrechen. Auf heimtückische Weise wurde ein Institutsangehöriger mit Belladonna, dem Gift der »Schönen Frau«, ermordet, ein weiterer Kunsthistoriker durch das berühmt-berüchtigte Schierlingskraut, mit dem bekanntlich der antike Philosoph Sokrates hingerichtet wurde. Bislang gibt es wohl keine heiße Spur zum Täter dieses Kapitalverbrechens im akademischen Milieu. Die Polizei hat eine Sonderkommission eingerichtet, mit der Leitung der Ermittlungen wurde Hauptkommissar Lett beauftragt. Motive könnten in akademischen oder persönlichen Zwistigkeiten liegen, ein Gerücht spricht auch von einem spektakulären Fund wertvoller Gemälde, die in Jena entstanden seien, mit direktem Bezug auf unsere Stadt – von einem Lucas Cranach ist die Rede und von einen Marcel Duchamp. Falls dies zutrifft, kann von einer Weltsensation gesprochen werden. In die Untersuchung haben sich auch zwei weithin bekannte Star-Detektive aus Jena eingeschaltet, der Krimiautor und Philosoph Laurenz Silvester und Mr. Spock, Silvesters hochintelligenter norwegischer Waldkater. Aus gewöhnlich gut informierten Kreisen hieß es, wenn wir in vieler Hinsicht und öfters schon auf den Hund gekommen sind, warum hier nicht auf die Katze? Auf Nachfrage zu den Chancen einer schnellen Aufklärung des Falles erklärte der Stubentiger lapidar: ›Es liegt jetzt alles in unseren Pfoten! Wir werden uns der großen Vorgänger im Kriminalisieren, der Großmeister des Detektivismus wie Sherlock Holmes, Lord Peter Wimsey, Hercule Poirot, Miss Marple und Nero Wolfe würdig erweisen! Die Lösung ist nur einen Katzensprung entfernt. Bitte keine Zweifel, Ihr Zweibeiner!‹«

14. Juli

Der norwegische Waldkater Mr. Spock

Idylle im Haus Baker Street –
Mr. Spock und Laurenz Silvester

Seine durchlauchtigste Majestät betrat auf ganz leisen vier Sohlen, die seine messerscharfen Krallen verbargen, die Bühne. Die Sonne war an diesem Jahrestag des Sturms auf die Bastille, der den herrlichen Sonnenaufgang der französischen Revolution einläutete, gerade am Horizont erschienen und schickte erste, wärmende Strahlen auf das Fell seiner Exzellenz, die sich nach dem Aufwachen wohlig streckte. Die langen spitzen Ohren hatten dem elegant schleichenden und imposant auftretenden norwegischen Waldkater den Namen Mr. Spock eingebracht und er trug diese Anrede mit der ihm eigenen tierischen Würde. Ohne Zweifel verstand und versteht er sich als ein Trekkie, als ein Mitglied der äußerst zahlreichen Fangemeinde der Hollywood-Serie Raumschiff Enterprise und als ein flammender Bewunderer des Ersten und Wissenschaftsoffiziers namens Spock. Nachts las er gerne das Buch »Ich war Spock«, das ohne Zweifel zu seiner Lieblingslektüre zählte, er war schließlich auch Spock. Als Sohn des Ilja von der Petersburg, eines mächtigen roten Katers von vulkanischem Charakter, und der wunderschönen braun-gestromten Kätzin Perle vom Malvengarten – Rufname: Julchen – empörte er sich über Katzennamen wie Mauz oder Miau, Attila oder Mao, Tiberius oder Kamikaze und auch Caruso schien ihm besonders lächerlich, da er wusste, dass Katzen und Kater keinesfalls singen konnten und sollten. Als akzeptabel empfand er die Namen Murr oder Aristoteles, Dewey oder Francis, da sie an Schöngeister und Philosophen erinnern. Da er wie sein menschlicher Hausgefährte, Professore Silvester, die italienische Sprache bewunderte, wäre auch das Il Gatto Puro, der reine Kater bzw. der Kater an sich, angemessen. An der ersten Stelle seiner Hitliste stand und steht unbestritten der Name Leonardo, diesen hätte er noch lieber als Mr. Spock getragen. Jedes so heißende Katzentier könnte stolz darauf sein, denn der Renaissance-Genius aus Vinci hatte einen epochemachenden Satz formuliert, der ihn zum Heros der Felis-catus-Species erhob und den Mr. Spock tief in sein Hirn eingebrannt hatte: »Auch das kleinste Katzentier ist ein Meisterwerk«. Er ignorierte die meist langweiligen und manierierten Samtpfoten-Krimis und sah im Gedankenexperiment von Schrödingers Katze einen krassen Fehltritt der sonst so klugen Zweibeiner von der Gattung Mensch – die Vergiftung eines Stubenlöwen, pfui!

Der Waldkater war stolz auf seine edle adlige Abkunft, ebenso auf sein brillantes Gehör, auf seine ausgefeilte physikalisch einzigartige Trinktechnik, auf das eigentümliche Verfahren der Gesichtspflege per befeuchteter Pfote, auf seine dolchartig ausfahrbaren Krallen, denen für die Aufklärung von Kriminalfällen entscheidende Bedeutung zukam. Er bevorzugte zur Erhaltung seiner neun Leben die Schweizer Privatklinik S'Pfötli, wo er mit »Chätzli« angeredet wurde und mit dem dort praktizierenden Doktor McCoy manch scharfen Disput austrug. Außerordentlich mochte Spock den von ihm geprägten Slogan, der sein Lebensmotto zum Ausdruck brachte: »Nicht alles für die Katz, sondern alles für die Katzen«. Wie sein berühmter vulkanischer Namensgeber hatte der Kater die unendlichen Weiten des Katzenweltalls durchstreift und liebte das strenge logische Denken. Sein Futterdosenöffner, der im Philosophie-Department der Jean-Paul-Universität zu Jena lehrende Laurenz Silvester, hatte ihm dazu die Lektüre einiger Bücher von Vertretern der Gattung Homo Sapiens nahegelegt, besonders die der Denk-Giganten Aristoteles und Hegel.

Nach der morgendlichen Mahlzeit begab sich der Kater zu einem seiner Lieblingsplätze, auf den Schreibtisch seines Professore, um dort seinen Gedanken nachzugehen und begann damit sein anstrengendes Tagewerk. Schnurrend warf der Kater hier ein, dass die Werke des großen Katzenfreundes Leonardo, die Glanzlichter, besondere Bewunderung verdienen.

Er unternahm auch innerliche Weltexpeditionen, menschliche Reisemittel wie Kutschen, deutsche Automobile, japanische Hochgeschwindigkeitszüge oder europäische Airbusse nahm er nur höchst ungern in Kauf. Der Vierbeiner reiste gerne in seinen Träumen. Seine Touren waren Streifzüge und Entdeckungsfahrten in sein Ich, Wanderschaften in seiner Katzenvorstellung, Odysseen des Ailuros – der Waldkater war des Altgriechischen durchaus mächtig –, gewissermaßen Erschleichungen der Welt. Speziell der Detektivroman vom Typ »Die Katze lässt das Mausen nicht« ist eben als »freies Spiel mit dem Schein« ein Nasführen der Leser (Dorothy Sayers) – und das Wörtchen »mausen« war so schön doppelbödig. Hier schlief der Kater wohlig ein.

Nach dem Aufwachen schlich er aus dem Haus und traf unterm Birnbaum Duchesse und Mari-Toulouse, zwei attraktive Katzendamen aus der Nachbarschaft, denen Mr. Spock zu imponieren trachtete. Wie Buridans Esel konnte er sich allerdings nicht zwischen beiden entscheiden. An diesem schönen Frühlingsvormittag dozierte er daher mit elegant-charmanter Geste über die Frage, was die kätzische Welt im Innersten zusammenhält und besonders traktierte der Vierbeiner dabei das weite Feld der Poesie. Er erwähnte seine ganz persönlichen belletristischen Highlights, seine Sternstunden der schönen Weltliteratur: Erstens die aus der Feder des Olympiers des Humors Aristophanes stammende Komödie Die Vögel, die Frösche und die Katzen, deren Text der äußerst scharfsinnige Detektiv William von Baskerville in einem österreichischen Kloster aufgefunden hatte. Dieses bedeutendste Werk der altgriechischen Dramatik enthielt einen revolutionierenden Gedanken von unermesslicher Tragweite: Zur Zentral-, Vogel- und Froschperspektive trat nämlich jetzt auch die Katzenperspektive, was Mr. Spock zufolge die Sicht auf die Welt grundlegend umstürzte. Zweitens die im thüringischen Weimar entstandenen Lehr- und Wanderjahre des Wilhelm Katzer aus der Feder des Geheimrates Goethe und schließlich drittens die aus vier Büchern bestehende Trilogie der Phänomenologie der Entgeisterung von Robert Menasse, dessen weibliche Romanfigur nicht zufällig Judith Katz heißt. Man könnte dann von den Katzisten flammende Aufforderungen vernehmen: Marsch aufs närrische Katzenschiff! Werden Sie Anhänger des ruhmreichen Detektivs William von Baskerville! Lesen Sie nicht nur die von ihm entdeckte Komödie des Aristophanes über die Katzenperspektive, sondern auch das von ihm aufgefundene zweite Buch von Aristoteles' Poetik über das Komische! Finden Sie endlich zum modernen humoristischen Detektivroman und genießen Sie das Lachen! Lesen Sie endlich Umberto von Alessandrias Schlüsselroman »Der Name der Katze«, Martha Grimes »Inspektor Jury spielt Katz und Maus« und nicht zuletzt natürlich Laurenz Silvesters Meisterstücke »Mr. Spock und der malerische Doppelmord in Jena«, »Mr. Spock und die piemontesische Todeskomödie« sowie »Mr. Spock und die grinsende Cheshire-Katze von Cambridge«.

Als Beispiele des radikal ›Unkatzigen‹ oder ›Unkatzenmäßigen‹ erinnerte Mr. Spock an Katzen verspeisende Völker der Menschen, an die Katzen- und Ketzerverfolgungen im Mittelalter, deren gemeinsames grauenhaftes Schicksal oft der Scheiterhaufen war. Nach Auffassung des Waldkaters hatten die Menschen seine Brüder und Schwestern zur unbedingt erforderlichen Mäuse- und Rattenjagd angeheuert und diese dann jedoch dämonisiert und als Teufel und Hexen verfolgt. Einige unablässig die Nächstenliebe predigende Christen mauerten in Kirchenfundamente Katzen als Symbol des Triumphes über den Satan ein, dies war für Mr. Spock eine pervers-grausame Spitzenleistung der Zweibeiner.

Sprach man den Norweger freundlich mit Spockie an, öffneten und weiteten sich seine wunderschönen gelbschwarzen Raubtieraugen und brachten zum Ausdruck: Endlich wird mir wieder der gebührende Respekt entgegengebracht und die mir zustehende Aufmerksamkeit geschenkt. Da der Anfang oder Eingang schon die halbe Miete eines geistigen Unternehmens ist, pocht stets Mr. Spock auf den Satz, der auf einem am Eingang seiner Residenz liegenden Fußläufer steht und die Machtverhältnisse im Hause gleich an der Tür Schwarz auf Weiß festhält: »The Cat and it's housekeeping staff reside here« – Der Kater und sein Personal leben hier. Dieses Entree sollte den eintretenden Vertretern des Homo Sapiens gleich die Autorität und Souveränität seiner Majestät, des Katers, lehren. In dieser

Umkehrung des Gewohnten sollte sofort die Katze aus dem Sack gelassen werden, das Prinzip der Katzokratie. Keine Begeisterung erzeugen bei Il Gatto, wie ihn seine italienischen Freunde nennen, Bilder mit dem Märchen eines verfressenen und dickbäuchigen Bruders von ihm, Spock straft diese Darstellungen, die über seinem Futtertellerchen hängen, mit Ignoranz. Der Norweger hatte keine Gewichtssorgen. Trotz dieser offenkundigen kleinen Provokation, die sicher als lustige Mahnung vor der Katzen-Völlerei gedacht war, mochte der Kater seinen Housekeeper von ganzem Katzen-Herzen und pries ihn stets und überall mit seiner süßen Katzen-zunge. Sie sendeten eben auf gleicher Wellenlänge, der Vier- und der Zweibeiner. Besonders lieben beide zwei Bücher des deutschen Comic-Shootingstars Mina mit Titeln: »Warum Katzen die besseren Menschen sind« und »Warum Katzen besser sind als Männer«. Für die wunderbar-lustigen Zeichnungen hatte Mr. Spocks alter Studienfreund, der dicke Perserkater James T. Kirk, Modell gesessen.

Des Waldkaters Angestellter, seines Zeichens Professor der Philosophie und Weltweisheit, lehrte an der weltberühmten thüringischen Jean-Paul Universität, einer hohen Schule, die er als die Wiege der Philosophie des Deutschen Idealismus verehrte. In der ganzen Welt kam ein Leuchten in die Augen der Philosophen, wenn sie den Zaubernamen der ehemaligen Metropole der Philosophie hörten. Der Mythos war lebendig, aber – wie das Sprichwort sagt – im eigenen Lande gilt der Prophet wenig.

Mr. Spock bewohnte zusammen mit Laurenz Silvester ein kleines Häuschen am Rande des einmalig schönen Städtchens an der Saale hellem Strande, Eichengrund 17, von Krimi-Freunden »Haus Baker Street« genannt.

Jena liegt in der Nähe von Kaisersaschern – einen Katzensprung davon entfernt, verbesserte der Kater. Im letztgenannten Ort im Saaletal lebte der geistreiche und hochgeschätzte Künstler und Kunsttheoretiker Adrian Neverkühn (eine Mischung aus Nietzsche, Thomas von der Trave und Miss Marple), mit dem unser Professore gerne Gespräche über Ästhetik und Kriminalistik führte, so dass sich beide im Über-Detektivischen eng verbunden fühlten. Der Kater traute der Koryphäe, dem Über-Menschen aus Kaisersaschern, zuerst nicht so ganz über den Weg, er vermisste dessen schon lange angekündigte, doch bislang nicht fertiggestellte Abhandlung zur Über-Katze doch sehr. Andererseits teilten sie das Faible für das alte Ägypten – Mr. Spock war voller Bewunderung über die verdiente Heiligkeit der Katze, schließlich hatten die versierten Jäger die Getreidespeicher der Pharaonen und ihres Menschenvolkes effektiv vor den räuberischen Mäusehorden geschützt.

Auf jeden Fall bewunderte und verehrte der Norweger sehr die Profession seines Angestellten, die Philosophie, ganz besonders aber die Vorliebe des bei ihm beschäftigen Gelehrten für das Kriminalisieren und den klassischen Detektivroman des »Whodunit«, wer war der Täter? Philosophisches und Detektivisches sind eng miteinander verwandt, es soll etwas aufgedeckt, etwas entdeckt, etwas ermittelt, ein Geheimnis aufgedeckt werden. Beide, Philosoph und Detektiv, sind Investigatoren, Spurensucher und (manchmal) Rätsellöser.

Das skandinavische Spitzohr hielt es für eine einmalige Fügung, dass der Professore im südthüringischen Dorf Katzhütte geboren wurde und den Namen Laurenz Silvester trägt. Bei jeder sich bietenden Gelegenheit erwähnte der Waldkater, dass Silvester »der Waldmann« bedeutet und dass seine Katzenspecies *Felis silvestris* heißt. Zwei Silvaner, norwegischer Waldkater und thüringischer Waldmann, hatten sich also glücklich gefunden. Die europäische Subfamilie, der unser Kater angehört, enthielt gar einen doppelten Silvester: *Felis silvestris silvestris.* Der Vorname für den Professor »Laurenz« war wohl wegen des genialischen englischen Dichters Laurence Sterne gewählt worden. Der Professore hatte mehrere Abhandlungen zum modernen humoristischen Roman und seiner mustergültigen Kombination mit der Detektivgeschichte in Umberto von Alessandrias »Der Name der Katze« geschrieben.

Spock verlangte nach einiger Zeit einen klaren Themenwechsel und schmackhafte Käserollis als Appetizer für sein Mittagsmahl. Vorher wünschte er zur Steigerung seines Wohlbefindens Erzählungen und Fotos von den Weltreisen seines Dosenöffners, besonders Geschichten aus der Katze eigenem Lande, aus den USA. Diesen Wunsch erfüllte der Philosoph nur allzu gerne.

Katz und Welt

Wie auch sein vierpfotiger Gebieter war Laurenz Silvester ein bekennender Bewunderer der Vereinigten Staaten, er hatte eine Vorliebe für dieses kolossale, hinreißende und oft närrische und monströse Land. Katz wie Mensch schmunzelten über den Welthit eines Herrn Mauskevits mit der Titelzeile: »Es gibt keine Katzen in Amerika«. Allerdings war unser Katrowitsch beim ersten Hören des Songs erschrocken, diese Botschaft aus dem Lande der unbegrenzten Möglichkeiten schien sein Albtraum zu werden. Aber unter gehöriger Mithilfe des Professore und unter dem Slogan »The Cat-Empire strikes back« wurde die Mauskevits-These als haltlose Legende und als klarer Fall von Wunschdenken und Ideologie entzaubert.

Der Gelehrte berichtete oft von seinen Spaziergängen durch Seattle. Ob nun durch die Stadtviertel mit den wohlklingenden Namen Ravenna, Ballard, Magnolia, Queen Anne oder Capitol Hill: an fast jedem Haus begegnete er einer Samtpfote. Dies vernahm Mr. Spock mit ausgesuchtem Wohlwollen und schaltete seinen Schnurr-Turbo ein. Die Welt war doch die Beste aller Katzenreiche und in allen ihren Winkeln katzenhaft geprägt, auch wenn zuweilen noch anderes Getier unterwegs war.

Der Waldkater hatte sich mit wahrlich überzeugendem Enthusiasmus in seinem Buch mit dem doppeldeutigen Titel »Enzyklopädie der silvestrischen Wissenschaften« seinen tierischen Freunden vorgestellt. Diese fulminanten und bahnbrechenden Beiträge zur kätzischen Metaphysik sind inzwischen in 9. Auflage im Verlag Katz und Welt publiziert.

Im thüringischen Jena hatte Maestro Hegel seine grandiose, das neuzeitliche Denken prägende Phänomenologie des Geistes unter dem Donner französischer und preußischer Kanonen vollendet. Deswegen spreche man von einer kanonischen Schrift. Sie war zweifellos eine Kanone gegen alles Dogmatische und das bedeutendste Buch, das je in Jena verfasst wurde. Der detektivische Kater hatte während seiner ausgedehnten nächtlichen Streifzüge auf einem der Dachböden der Frommannschen Häuser nicht nur Mäuse erbeutet, sondern auch eindeutige Dokumente über einen Dialog eines nicht bekannten Treffens zwischen Napoleon und Hegel im Oktober 1806. Ihr intellektueller Plausch drehte sich, bei einem Gläschen des vom Philosophen bevorzugten französischen Rotweins, um die am 14. Juli 1789 begonnene Revolution, welche der Philosoph als »herrlichen Sonnenaufgang der Freiheit« feierte.

Neben der kardinalen These von den Katzen, die in der Nacht grau scheinen, legte der Waldkater besonderen Wert auf Hegels Gedanken, dass die Katzen wahrhafte Idealisten sind, insofern sie mit ihren scharfen Reißzähnen unbefangen die Endlichkeit in Gestalt des Mäusehaften vernichten, damit das Prinzip des Unendlichen bewiesen. Diese Huldigung der animalischen Weisheit(!) erfüllte den Kater mit größter Genugtuung, zumal die Zweibeiner das Resultat alles Endlichen auch auf den treffenden Begriff gebracht hatten und zwar mit dem Wort »mausetot«. Bei dessen Erwähnung und der Erläuterung des damit vergleichbaren philosophischen Prinzips gab der Norweger Köpfchen und ließ sich von seinem Philosophen unter dem Kinn und auf der Nase kraulen.

Die diesem Thema gewidmeten und von der Kater-Murr-Stiftung für Bildung und Bildungsromane großzügig geförderten Forschungen des Katers im In- und Ausland erfreuten sich immenser Beachtung. Er folgte gerne dem vom Dichter E. T. A. Hoffmann stammenden Stiftungscredo: »Wie man sich zum großen Kater bilde.« Besondere Erwähnung verdienten Spocks Referate über die kätzische Trinität im Istituto Italiano des in der Nähe von Pisa gelegenen toskanischen Santo Gatto, über die Ästhetik der Katzendarstellung auf den Gemälden der Eremitage in St. Katzenburg (Russland), die Reden zur Überwindung der Katzenarmut, gehalten an der Universität Cat-Cutta (Indien) und in Buenos Felis (Argentinien) sowie auch die Vorlesungen zur Ethik der Grunzochsen und der Himalaya-Luchse im nepalesischen Katz-Mandu, wo es zur inzwischen berüchtigten Kontroverse des norwegischen Waldtieres mit dem Schneemenschen und Yeti-Guru Rheingold Mässmer kam; schließlich auch die Vorträge zur Gleichheit der Katzenrassen in Cat Town (Südafrika), an denen auch ein lebenserfahrener alter Leopard als Gesandter der großen Raubkatzen teilnahm.

Der nun etwas schläfrig gewordene Prof bereitete sich einen Latte Macchiato und der Kater forderte aufmunternde Klänge. Die Entscheidung fiel an diesem bislang ruhigen Sommertag auf ein Lied einer Band mit dem für den Detektivismus bezeichnenden Namen »Element of Crime«. Katz und Mensch mochten die klugen Texte dieser Crime-Leute und ihre Musik des Verbrechens. Der fundamentale Satz des gewählten Songs brachte die Grundposition von Spock und Silvester trefflich auf den Begriff: Da wo ich stehe, ist der Mittelpunkt der Welt. Dieser zentrale Ort war in diesem Moment das Arbeitszimmer des Professore mit der Wendeltreppe, auf der sich der Kater jetzt niedergelassen hatte. Die beiden Jenaer Kriminalisierer verfügten über ein ausgeprägtes Selbst- und Sendungsbewusstsein: Der Anthropos versteht sich als Aristokrat und das Katzentier als Aristocat. Auf seiner Visitenkarte hatte der Stubentiger notiert: Mr. Spock, Aristocat and Private Detective. Raubtier, staatlich geprüfter Mäusejäger und Leser von Räuberpistolen. Auf der Rückseite der Karte findet sich die Sentenz: »Ich schnurre, also bin ich.«

Aufgrund eines für Silvester äußerst lukrativen Vertrages hatte der Kultregisseur Steven Katzberg (seine Vorfahren stammten aus dem gleichnamigen Ort in Thüringen) die Rechte zur Verfilmung des internationalen, in 37 Sprachen übersetzten Bestsellers »Mr. Spock und der malerische Doppelmord zu Jena« bereits erworben. Am Beginn der Produktionen der betreffenden Filmgesellschaft sah man im 20. Jahrhundert einen brüllenden Löwen, jetzt im 21. Jahrhundert, und das war ein deutliches Zeichen für den historischen Fortschritt, stets eine fauchende und ihre Reißzähne zeigende weiße Perserkatze.

Ein Besucher im Häuschen am Stadtrand von Jena hätte auch an diesem Nachmittag des 14. Juli ein wahres Idyll vorgefunden: Katz und Mensch, die von blutigen Verbrechen und deren Aufklärung, von Reisen ins kriminelle Universum träumten, in himmlischer Ruhe inmitten von Kaskaden strömenden Blutes. Die Liebe des Waldkaters zu seinem Professore war keinesfalls einseitig, das Spitzohr und das Schlitzohr bildeten eine bella compania. Spock und Silvester hatten eine Schwäche für die Musik der Beatles und selbstverständlich gab es ein gemeinsames Lieblingslied, den Song, den die Liverpooler Jungs bekanntermaßen dem Ursprungsort des samtpfotigen Spock-Clans gewidmet haben: Norwegian wood. Darin sah der norwegische Kater die heimliche Hymne aller seiner skandinavischen Schwestern und Brüder.

Der Bella-Donna-Mord

Die Abenddämmerung –
Mord im kunsthistorischen Institut

Urplötzlich und lange klingelte die Glocke am Spock-Silvester-Haus Sturm, Mr. Spock war gerade aus dem Nachbarsgarten von einer entspannten Unterhaltung mit seinem alten und in Ehren der Mäusejagd ergrauten, europäisch-kurzhaarigen Freund Sokrates zurückgekehrt. Dieses Schellen glich einer Warnung vor einem Tsunami oder vor akademischen Intrigen, wegen denen die Universität in den Provinzialismus herabzustürzen drohte. Der Kater goutierte diesen Lärm, dieses wilde ungeduldige Läuten gar nicht, es störte die innere Ruhe, die Meeresstille seiner Seele immens und er ließ ein deutliches Fauchen hören. Der Zerstörer der Idylle war Gideon Nostaw, der aus Edinburgh stammende und jetzt in Jena lehrende Professor für Kunstgeschichte, der wie Mr. Spock ein begeisterter Anhänger des Hobbydetektivs und Krimiautors Laurenz Silvester war. Die Koryphäe für neuzeitliche Malerei hatte früher im renommierten Peterhouse College in der am Fluss Cat (in der Sprache der Humanoiden: Cam) gelegenen, malerischen, traditionell englischen Stapelstadt des Wissens gewirkt und war dort ein Vertrauter des berüchtigten College-Gespenstes, von dem einhellig berichtet wurde, dass es »with a white cap« durch das College geisterte. Hier korrigierte der Kater innerlich: besser klinge »with a white cat«, schließlich liebte er die weißen Perserkatzen – besonders die schneeweiße Aristocat – und lag diesen wörtlich zu Füßen. Jedenfalls war der Schotte erpicht darauf, am Kriminalisieren teilnehmen zu dürfen. Schließlich habe er in Cambridge, so seine faszinierende und schottisch-sparsame Argumentation, sowohl das englische Essen überlebt, Punting gelernt und öfters mitten auf der Newton-Brücke seinen kriminalistischen Phantasien gehuldigt. Auch sei es ihm gelungen, den Diebstahl einer dem College gehörenden Bibel im Wert von 10 Pfund aufzuklären. Diese Art Insel-Logik überzeugte Mr. Spock in keiner Weise, aber er mochte den Schotten von Herzen. Auch hatte er natürlich viel Gutes über die alt-ehrwürdige und wunderschön-beschauliche Universitätsstadt gehört. Aber mitten in der intellektuellen Metropole hatten die Humanoiden öffentlich eine Abscheulichkeit ausgestellt: Schräg gegenüber vom Kings College konnte man ein die Zeit fressendes Insekt aus Blech anschauen, eine für Katzen unfassbare Perversion des guten Geschmacks. Der Waldkater hätte diese Ausgeburt der Hölle gerne gekrallt, getötet und verspeist. Zu seinem Leidwesen war sie aber aus Metall und hinter einer Glasscheibe verschlossen. Schließlich hatte der unvergleichliche Leonardo das Prinzip des carpe diem eindrucksvoll ganz anders beschrieben: »Die Zeit verlängert sich für alle, die sie verstehen zu nutzen.« Jedenfalls verfasste Mr. Spock auf dieser Grundlage gerade ein Katzenmemorandum, in dem von den Katzen- und Stadtoberen von Catbridge die Beseitigung dieses Schandfleckes gefordert wurde. Stattdessen sollte der berühmte Katzen-Satz des Leonardo künftig dort zu lesen sein. Der Kater schlich eben nicht um den sprichwörtlichen heißen Brei.

Jedoch schlug am frühen Abend dieses Freitags der erste Satz des Gastes ein wie eine von James Tiberius Kirk befohlene Facer-Attacke der Enterprise auf klingonische Raumschiffe: »Mord im kunsthistorischen Institut!« Die Raubtieraugen wurden sofort eng und zu überhellen Scheinwerfern, der Kater vergaß sofort die

Störung und man konnte die in ihm knisternde Spannung verspüren. So stand er nur beim Auflauern der Beute und vor dem finalen Zugriff auf die Mauskevitse. Er schien zu rufen: »Scottie, Energie!« Die Mörderjagd zu Jena konnte jedenfalls beginnen.

Endlich, so dachte Spock, eine neue Mörderjagd, die ja durchaus Ähnlichkeiten mit meinem Mäusefang hat, endlich ein die Langeweile vertreibender realer Fall. Während mein Professore dies meist nur als Stoff für seine Crime-Stories ansieht, bin ich auch scharf auf diese Realien, auf Fälle, die das Leben selbst inszeniert. Jedenfalls steht ein spannungsgeladener Abend bevor, zumal auch der sofort informierte Neverkühn nach dem Katzensprung aus Kaisersaschern bald hinzustoßen wird. In der Zwischenzeit muss ich mein Team von hinzuzuziehenden Sachverständigen zusammenstellen, mit den fähigsten Detektiven aus dem Verein sündiger Katzen, kurz Syndi-Cat. Dringende E-Mails müssen verschickt werden. Zuerst die Nachricht an die für diesen Fall wichtigen Kunsthistoriker und Kunstexperten Gottlob Himmelsstern, seines Zeichens Kardinal in Vati-Katzenstadt, dem Zentrum des europäischen Katholizismus, ein stattlicher weißer wie weiser Perserkater mit kardinalem Purpurkäppchen. Poirot, so der weltliche Rufname des im thüringischen Himmelspforta geborenen Genies und brillanten Detektivs vor dem Herrn, ist Direktor der vatikatzischen Kunstsammlungen und besonders hervorgetreten sowohl durch seine einschlägige Abhandlung »Die Vierbeinigkeit und die göttliche Katze« als auch durch seine brillante Streitschrift gegen das Haupt der Katzenfurter Schule Julius Hafermaß, der wegen seiner Abhandlung »Der Fänger im Roggen aus kommunikativer Sicht« bekannt wurde. Poirot sollte sofort von Fiumicino einen Flieger zum Zentralflughafen Alt-Katernburg (Ostthüringen) nehmen.

Eine weitere Nachricht muss ich an den aus Cabot Cove im Bundesstaat Maine stammenden Main Coon-Kater Abraham Lincoln senden, aufgrund seiner Tätigkeit im Cat Science Institute (CSI) unverzichtbar für die Abteilung Spurensicherung. Uncle Abe würde wie auch andere der Crew per Videokonferenz zugeschaltet. Für die Autopsie und ähnliches engagiere ich die im Hause des Direktors des Gerichtsmedizinischen Instituts lebende, sehr attraktive German-Rex-Kätzin Post Mortem, Spitzname: Madame Boerne. Wegen seiner detektivischen Kombinationsgabe werde ich auch beim jungen Siam-Kater Sun Kat-Sen anfragen, dem amtierenden Weltmeister im Katzenschach, der den russischen Raubkatzen Katzparov und Katzov ihre Grenzen zeigte. Die Zusage des Großmeisters würde auch den Hobbyschachspieler Silvester freuen, der gerade die Herausgabe einer bislang unbekannten Hegel-Handschrift mit dem Titel »Das königliche Spiel« vorbereitet. Im Anhang dieser Edition werden zum ersten Male theoretisch hochinteressante und fesselnde Schachpartien von Hegel gegen Jean Paul, den der Philosoph mit dem von ihm kreierten Jenaer Gambit, heute als »Hegels Mausefalle« bekannt, niederrang. Eine noch weit größere Sensation wird der Abdruck der Schachpartien Hegels mit Napoleon in Erfurt, mit Zar Alexander in Weimar und mit Königin Luise in Berlin auslösen. Als Berater wird der im Kriminalisieren versierte Kartäuser Cyrus die Ermittlertruppe komplettieren. Er lebt im Büro von Superintendent Racer, einem bekennenden Katzenfeind und Vorgesetzten des Starermittlers und Cyrus-Freundes Richard Jury. Während Spock all dies erwog, war der schottische Professor und Freund Gideon Nostaw im

Haus Baker Street eingetroffen und gab einen ersten Bericht zum Tatgeschehen.

Schauplätze und Atmosphären des Verbrechens

»Am heutigen 14. Juli fand wie stets zum Semesterabschluss eine Klausurtagung der Institutsmitarbeiter statt. Teilnehmer waren die Professoren Franz Monetti (Direktor des Instituts), Heinrich Kliemann, Clair Plant und Gideon Nostaw, die Privatdozenten Dr. Frauke Sanding (die wegen eines dringenden Termins gegen 15 Uhr die Klausur verlassen hat) und Dr. Georg Aufdenblatten, die Doktoren Arno Landner und Frank Schlechter, die Doktorandin Anja Fürstlein und die Institutssekretärin Lola Bauerfreund. Entschuldigt waren Prof. Horst Adler, Dr. Karin Lindbert, Dr. Britta Schachtschneider und der Doktorand Caspar David Neumüller, sie weilten zu Vorträgen und Kongressen in Brasilien und Tschechien. Verzichtet auf seine Teilnahme hatte die unumstrittene wissenschaftliche Kapazität des Hauses, Prof. Gianluca Conte, der international führende Leonardo-Experte, dem die wie so oft kurzsichtige und engstirnige Universität die Verlängerung seiner Tätigkeit verweigert hatte – ein weiterer ›glänzender‹ Beitrag auf ihrem Weg in Provinzialität und Mittelmäßigkeit.

Aber zurück zur Sache. Im spannenden Zeitraum zwischen 17 Uhr und 18.30 Uhr konnten sich vermutlich nur die erwähnten neun Verdächtigen im Hause aufhalten, die Eingangstür war stets verschlossen. Wie üblich tagte man im Konferenzraum des Institutsgebäudes, in der geschmackvoll restaurierten Friedrich Immanuel Niethammer-Villa. Der bekannte Philosoph und Erziehungstheoretiker hatte um 1800 dieses Haus bewohnt und illustre Geister beherbergt: Schiller, Goethe, Hölderlin, die Humboldts und die Brüder Schlegel, Ludwig Tieck und Novalis. Der unbestrittene Höhepunkt für diese Residenz war das Geheimtreffen der großen Troika der deutschen Idealisten Fichte, Schelling und Hegel im Sommer 1801, die absolute Sternstunde der neuzeitlichen Philosophie, ein kurzer Honigmond der deutschen Philosophie, in welchen die böse Fee der Romantik nicht hinein singen konnte. Im ersten Geschoß der prächtigen Villa linkerhand vom Eingang befand sich der Konferenzraum mit etwa 25 Plätzen, rechts das Dienstzimmer des Direktors mit dem Vorzimmer der Sekretärin, nach hinten gab es die Toiletten, den Technikraum und die kleine Teeküche. Vom Erdgeschoß aus konnte man bis zu den Dachfenstern aufschauen und über eine breite Mitteltreppe in den ersten Stock gelangen, rechts mit dem Dienstzimmer der Professoren Kliemann und Nostaw, links und hinten die Räume von Gastprofessorin Clair Plant, Professor Adler sowie die Zimmer beider Privatdozenten. In der 2. Etage befanden sich die Arbeitszimmer der Doktoren Landner (ganz links), Lindbert, Schachtschneider und Schlechter sowie zwei Räume für die Doktoranden und das Zimmer der Fachschaft.

Die Klausurtagung hatte gegen 10 Uhr mit einem äußerst langatmigen Bericht des Direktors begonnen. Monetti hatte darin wohl keine bürokratische Unwesentlichkeit ausgelassen und alle seine bedeutenden administrativen Taten im Semester herausgehoben. Er erfüllte alle bürokratischen Verpflichtungen peinlichst genau und hielt immer die Dienstwege ein, dies zählte an dieser Hochschule. Wie an vielen Universitäten waren diese Dienstwege wichtiger als neue Denkwege. Die Demokratie war auf dem Rückzug, die Wahl des Rektors durch die Universitätsangehörigen ein Faktum aus grauer Vorzeit. Die Humboldt'sche Universität sollte in eine für sie tödliche Unternehmensstruktur gezwängt werden. Grau und Maus gehörten zusammen, graue Mäuse und Duckmäuser, das waren für den Kater gelungene Bezeichnungen für das dominierende graue Mittelmaß dominierte; viele Kreative und Outsider stürzten von der Karriereleiter, die Dampfplauderer und die Typen mit aalglatter Performance gaben den Ton an. Nach der Aussprache über den Bericht folgte gegen 12.30 Uhr die Mittagspause und ab 14 Uhr wurde die Vorbereitung für das kommende Semester besprochen, alles ohne besondere Vorkommnisse. Allerdings registrierten einige Teilnehmer eine ungewöhnlich große Nervosität und Ungeduld speziell bei Arno Landner, aber auch bei Georg Aufdenblatten, da schien sich etwas Wichtiges anzubahnen. Warum ich deswegen ebenfalls in Unruhe geriet, bleibt nach meiner Rückkehr von der Abholung eines Gastes vom Bahnhof noch ausführlich zu erklären.

Gegen 16.30 Uhr war die Sitzung endlich zu ihrem Abschluss gekommen, allgemeines Aufatmen, die Teilnehmer brachten ihre Unterlagen in die Dienstzimmer und kehrten dann kurz vor 17 Uhr für einen Imbiss, ein Gläschen Wein und etwas lockere Konversation in das Konferenzzimmer zurück, nur Arno Landner wurde nach einiger Zeit vermisst. Gegen 17.30 Uhr bat Monetti Anja Fürstlein den Säumigen aufzusuchen und an das Treffen zu erinnern. Kurz danach zerriss ein gellender Schrei die Ruhe des Hauses, Anja fand Arno Landner in seinem Zimmer im ersten Stock tot auf dem Boden liegend. Der Sensenmann musste ihn zwischen 16.30 und 17.30 Uhr geholt haben.

Er, Nostaw, verständigte daraufhin sofort die Polizei, die bald im Hause Niethammer eintraf. Und welch Überraschung, unser alter Bekannter, Hauptkommisar

Fritz Lett, führt das Untersuchungsteam. Krimi-Freunde wie ich nennen ihn ›Ledstrade‹, nach Conan Doyles Scotland Yard-Kommissar. In Polizeikreisen und unter vorgehaltener Hand heißt er ›Geiger‹, nicht wegen seiner musikalischen Begabung, sondern in Anspielung auf den etwas einfältig-trotteligen Ermittler in der Fernsehserie ›Pfarrer Braun‹. Nach seiner ersten Besichtigung des wahrscheinlichen Tatortes und der Aussage des Polizeiarztes raunte er mir vielsagend ›Mord, Giftmord!‹ zu. Danach wurden die noch acht Anwesenden befragt und nach Hause geschickt, mit dem aus Kriminalfilmen bekannten, dümmsten und überflüssigsten aller Hinweise: ›Halten Sie sich bitte zu unserer Verfügung!‹ Ich setzte mich in mein Auto und kam sofort hierher in das Häuschen Eichengrund 17 und ›hielt mich zur Verfügung‹, was dies auch immer heißen mag.«

Adrian Neverkühn

Laurenz hatte den Bericht seines Freundes mitgeschnitten, um den aus Kaiseraschern heraneilenden Adrian Neverkühn genau ins Bild setzen zu können. Nostaw brach danach sofort zum Bahnhof auf, würde aber in circa einer halben Stunde zurückkehren, zu seiner Beichte, wie er es ausdrückte. Das Jagdfieber hatte jetzt Spock und den Professore voll im Griff, der eine schleckte etwas Wasser, der andere griff zu seinem Grappa Cogito. Gedanken sammeln war die Parole, die Mördersuche sollte ohne Verzug starten. Nach einigen Minuten klingelte es an der Tür und Neverkühn hatte den Weg in den Eichengrund in weltrekordverdächtiger Zeit zurückgelegt. Er hatte die merkwürdige Angewohnheit, sich immer mit der gleichen Wortkaskade vorzustellen: »Neverkühn, auf Deutsch: niemals kühn, Tonsetzer, Kulturpessimist, Hobbydetektiv, Lieblingsroman: ›Dr. Faustus‹ von Thomas von der Trave«. Mr. Spock nannte den Komponisten mit dem rasierklingenscharfen Intellekt im Gedenken an Poes Meisterdichtung »The Raven« »Nevermore«, und tatsächlich ähnelte der so Angesprochene durchaus einem in die Jahre gekommenen Raben. Seinerseits sprach er den Kater mit »mein lieber Rhadamanthys« an, dem Namen des literaturbekannten Davoser Klinikdirektors aus dem Roman »Der Zauberberg«. Im Kater sah Neverkühn solch einen Richtenden über die Untaten der Menschen in der Oberwelt. Mit Laurenz war er seit vielen Jahren befreundet, durch seine Abhandlungen »Hegels Ästhetik und die Musik« sowie »Rossini und Mozart als Lieblingskomponisten Hegels« hatte sich der skurrile Tonsetzer aus Kaisersaschern einen guten Namen gemacht, ebenso mit seiner eigenwilligen Studie »Hegels Glasperlenspiel – Hesses alter Musikmeister, Josef Knecht und der Kampf um Anerkennung«.

Er ließ sich sofort einen guten Barbera d'Asti einschenken und verlangte aufs Genaueste ins Bild gesetzt zu werden, die Fährte war frisch und noch zu schnuppern, jedes Zögern konnte den Erfolg der Ermittlungen be- oder gar verhindern.

Die acht Verdächtigen

Zuerst trugen Spock und sein Professor die ihnen verfügbaren Informationen zum Opfer und den möglichen Verdächtigen zusammen. Neverkühn nahm dies in seiner ihm eigenen Gründlichkeit und in die für den Komponisten typischen Notenhefte zu Protokoll.

Monettis Assistent, Dr. Arno Landner, verdankte seinen Vornamen der aus Pisa stammenden Mutter. Am Lungarno, der Uferstraße des Arno, gelegen im Zentrum der früheren toskanischen Seefahrerstadt zwischen dem pittoresken Kirchlein Santa Maria delle Spina und der Ponte di Mezzo war Arno aufgewachsen. Spock und der Prof waren in die nur bei der ersten Annäherung spröde erscheinenden Stadt Pisa, der gelben Schönheit der Toskana, vernarrt. Der Mäusejäger hingegen träumte von seinen Visiten und Vorträgen an der katzorianischen Akademie im nahegelegenen Santo Gatto und der dort lehrenden Perserdame Maledetta Primavera, bei deren Anblick sein Schnurren die zulässigen Lärmschutzgrenzen weit überschritt. Er wäre liebend gerne ihr Benedetto geworden, aber sie war mit dem imposanten und bärenstarken Main Coon-Kater Buonarotti verlobt, einem der heute an höheren Bildungseinrichtungen häufig anzutreffenden und akademisch erfolgreichen Dünnbrettbohrer und Dampfplauderer.

In ihrer Phantasie wandelten Spock und Laurenz mit Arno durch die alten verwinkelten Gassen mit den beige-gelben Häusern der Galilei-Geburtsstadt, hofften auf ein Treffen mit diesem Genius, der ihnen bestätigen würde, dass die Erde sich doch dreht. Auf diesen Erkundungsgängen fand sich manch ihnen unbekanntes Eckchen und Kneipchen mit vorzüglichen Spezialitäten der italienischen cucina tipica. Spock fragte dann beim Essen stets penetrant, wer wohl das siebentorige Theben und das schieftürmige Pisa erbaute und ob die Imperatoren auch einen Koch dabeihatten. Auch entbrannte in dem Dreigestirn gemeinsamer Zorn ob der Torheiten von Wissenschaftsbürokraten, die ihre fragwürdigen Unternehmungen mit den Namen faszinierender italienischer Renaissance-Perlen verknüpften wie etwa beim

Pisa-Test oder beim Bologna-Prozess. Warum nicht Albernstadt-Test oder Grazytown-Prozess?

Um den Philosophen zu provozieren, räsonierte Arno gerne über zwei seiner Lieblingsgemälde, Darstellungen von Francesco di Traini und Lippo Memmi über den Triumph des Thomas von Aquin über die anderen Philosophen. Dort war der imposant in der Mitte stehende heilige Thomas von den kleiner gezeichneten Aristoteles zur Linken und Platon zur Rechten umrahmt, ein Skandalon für den Professore. Laurenz verspottete daraufhin den Aberglauben der Arno-Pisaner, die für ihren neben dem Dom befindlichen Friedhof Campo Santo Erde aus Jerusalem herangeschafft hatten, um in heiligem Boden bestattet zu werden. Dann sattelte er noch ätzenden Spott drauf: Im Duomo seien kürzlich Mäuse heiliggesprochen worden, da sie die Hostien verspeist hätten. Wenn er Küster wäre, flocht die Samtpfote en passant ein, gäbe es dieses katholische Maus-Dilemma nicht. Er würde schnell und effektiv für das Ende der Mäuseplage sorgen und den Samtpfötigen müsste ein Denkmal namens »Il Gatto« auf der Piazza dei Miracoli, dem Platz der Wunder, gewidmet werden.

In diesen grundsätzlichen theologischen Disputen mit Arno erinnerte der Norweger an die bahnbrechenden Abhandlungen zum Kat-Holismus aus der Feder seines in Vatikatzenstadt wirkenden Bruders im Geiste und Kardinals Gottlob Himmelsstern, besonders auf dessen Traktat über die heilige Vierpfotigkeit und heilige Vierfaltigkeit von Gott-Kater: »Die Vierbeinigkeit und die göttliche Katze.« Im Zentrum dieser von Spock nicht ganz geteilten Lehre seiner Eminenz stand das Kater-Noster, der Kater im Himmel, dessen Krallen geheiligt sind und dessen Katzenreich nicht erst zu kommen brauchte. Seine gelehrten Belehrungen krönte Spock stets mit einem Quäntchen Ironie: »Gott-Kater, unser tägliches Mäuslein gib uns heute! So brauche ich nicht zu Mausen!« Jedes Mal war Arno erstaunt und auch ein wenig erschüttert, dass der Hegelianer keinen Einspruch gegen derart fundamentaltheologische Erwägungen seines Katrowitsch erhob, ja sich im Gegenteil darob köstlich amüsierte.

Der gut katholisch erzogene Arno war ein Spezialist für die frühneuzeitliche Malerei, hatte jedoch sein Doktorat mit einer Studie über den Lutheraner Lucas Cranach erworben. Seine Leidenschaft waren die Archivrecherchen zu unbekannten oder verschollenen Gemälden berühmter Meister, seine Spürnase schon legendär. Er galt als begnadeter Gemäldeschnüffler und Kunst-Kriminalist – die Liste seiner Beute war lang und durchaus prominent, von Werken des frühen Hans Holbein über Zeichnungen von Goya bis hin zu einem Gemälde des Pointilisten Georges Seurat. Als Kollege war Arno allerdings in keiner Weise wohlgelitten. Er hatte sich einen Sack voll Gegner und Feinde geschaffen, viele Institutszugehörige fühlten sich von ihm belästigt und gar bedroht, wünschten ihm dahin, wo der sprichwörtliche Pfeffer wächst.

1 Monettis Schweizer Privatdozent Dr. Georg Aufdenblatten schien zerfressen von Neid auf Arnos spektakuläre Funde, der Eidgenosse war ein Neidgenosse. Er titulierte Arno Landner als unseren »Staubfänger«, nannte ihn einen »theoretisch blinden, kunstdetektivischen Maulwurf« oder gar eine »Archivratte«. Aufdenblatten schrieb prinzipiell mit einem traditionellen Federhalter und seine mitunter zittrigen Hände waren stets mit Tintenflecken übersät, was ihm den Spitznamen Tintenfass eintrug. Wenn man ihn ärgern wollte, sprach man den Spottnamen in Schweizer-Deutsch, mit Betonung auf der ersten Silbe und hinten mit langem »A«. Tintenfass stammte aus Meiringen im Berner Oberland, einem kulturgeschichtlich eminent bedeutsamen Ort: Die miteinander ringenden Sherlock Holmes und Oberbösewicht Professor Moriarty waren dort in die Tiefe gestürzt. Nach Protesten der Leser der Holmes-Stories musste Conan Doyle bekanntlich den Detektiv aus der Londoner Baker Street wieder auferstehen lassen. Die Meiringer hatten dann Holmes ein Denkmal gesetzt. An den Philosophiegiganten Hegel, der als Wanderer die Berner Alpen durchstreifte und den besagten Wassersturz eindrucksvoll heraklitisch beschrieb, wurde in typischer Schweizer Provinzialität und Kurzsichtigkeit nicht mit einem einzigen Hinweis gedacht.

Im Schatten der Bergriesen Mönch, Eiger und Jungfrau und unter der Meiringer Statue des Meisterdetektivs hatte Aufdenblatten zusammen mit seinem Bruder in einem Arzthaushalt Kindheit und Jugend verbracht. Auch unter dem Eindruck des heute in einer Berner Kunstgalerie zu bewundernden Ferdinand Hodler-Gemäldes »Die Eiger-Nordwand und die Unendlichkeit« sowie der Werke des Alpenmalers Caspar Wolf, der auch den unteren Grindelwaldgletscher gezeichnet hatte, fand er den Weg zur Geschichte der Malerei und hatte schließlich bei Professor Monetti über Hodlers Schaffen am Anfang des 20. Jahrhunderts und speziell über dessen meisterhaftes Wandgemälde »Auszug der Jenenser Studenten in den Freiheitskrieg 1813« habilitiert. Als brillanter Redner beherrschte er die heute in der akademischen Welt (leider) so wichtige Performance und die Kunst der Selbstdarstellung fast perfekt. Er war ein blendend aussehender Blender. Seine Arroganz, Geltungs- und Karrieresucht hatten sich herumgesprochen, manchen galt er als Unsymphat erster Güte – somit brachte er die besten Voraussetzungen für eine baldige Berufung auf eine Professur mit. Rhetorisch etwas schwerfällige und ungelenke Köpfe wie etwa Newton oder Hegel hätten heute keine Chance auf eine Berufung an die Universität in Jena, es zählte zuerst die Show, nicht mehr der Geist. All das wusste der aalglatte eidgenössische Eisgenosse genau, er hatte sich im Hause keine Freunde gemacht. Die Intrigenspiele waren seine Domäne. Mit Arno stand er auf Kriegsfuß, Tintenfass gönnte jenem die spektakulären Gemäldefunde in keiner Weise und hätte diese wahrlich teuren Stücke gerne selbst vermarktet, d.h. an zahlungskräftige Privatsammler verschachert. Einen solchen Vorschlag wies Arno allerdings entschieden zurück, was die Tinte im Fass zu gefährlicher Wallung brachte.

Bei den seltenen Besuchen des Aufdenblatten im Hause Silvester kam Spocks tierisch-instinktive Abneigung gegen den Gast unmissverständlich zum Ausdruck, einmal hatte er sich sogar vergessen und seine Duftmarke in einem der Schuhe des Schweizers hinterlassen, der daraufhin das Spitzohr rüde beleidigte und von Laurenz Schadenersatz verlangte. Seit dieser Zeit erzählt der Kater vor großem Publikum mit boshafter Lust einen seiner Lieblingswitze mit der Hauptperson Tintenfass: Dieser will in einer Schweizer Apotheke »Verhüterli« kaufen und feilscht mit dem Apotheker um einen erheblichen Fränkli-Rabatt, was ihm zu seiner Überraschung gewährt wird. Auf die Frage von Tintenfass, warum der Verkäufer so kulant sei, antwortet dieser auf Schwyzerdütsch: »Solche Leute wie sie, Aufdenblatten, sollten sich nicht vermehren!« Nach diesen Auftritten war das Spitzohr in Hochstimmung und seine Schnurrhaare zitterten vor Vergnügen.

2 Arnos und Georgs Vorgesetzter, Professor Monetti (Rufname: Monet), hatte von Arnos Sucherfolgen übermäßig profitiert. Es wurde ›gemeinsam‹ oder ›kooperativ‹ publiziert, ohne dass der Lehrstuhlinhaber einen wesentlichen Anteil an den Resultaten für sich beanspruchen konnte – das Urheberrecht und die akademische Seriosität waren fern. Seit kurzem hatte sich bei Arno aber ein gewisses Maß an Keckheit eingestellt. Monetti fürchtete jetzt durchaus um seine Pfründe, sollte Arno den Skandal doch publik machen. Der ohnehin schon holprige Karriereweg vom Gymnasium in Castrop-Rauxel über die Universitäten Vechta und Neuendettelsau hätte zu einer Sackgasse werden können, der wissenschaftliche Ruf wäre irreparabel zerstört. Die deutsche Einheit hatte ihm in wahrlich wundersamer Weise eine Professur beschert, obschon seine Meriten auf dem Gebiet der modernen Malerei, speziell des Porträtmalens, kaum Glanz erzeugen konnten. Neverkühn verglich Professor Monetti mit Daniel zur Höhe, einem aus dem Dr. Faustus-Roman bekannten Luftikus, dessen schon fast genial nichtssagender Lieblingskommentar in Gesprächen lautete: »Man kann es sagen!« Niemals verwendete Neverkühn für den Professor den Namen »Monet«, dieser Name war für ihn einzig und allein für Claude Monet reserviert. Als Arnos Trittbrettfahrer hatte Monetti jedoch erhebliche Anerkennung eingeheimst und Millionen von Fördergeldern erhalten. Hier drohte nun Gefahr. Er sah schon das Bild eines Flächenbrandes und einen Tsunami auf sich zukommen. Seine ängstliche Natur hatte ihm zu einem pingeligen wie übervorsichtigen, gegen jede Obrigkeit unterwürfigen und jede Minute gestressten Menschen werden lassen. Jede Katastrophenmeldung in den Medien löste bei ihm inneren Alarm aus, in letzter Zeit griff er zu starken Antidepressiva. Auch sein neues Forschungsgroßprojekt zur frühneuzeitlichen deutschen Malerei, das sich auf Arnos Recherchen zu verschollenen Gemälden stützen sollte, könnte platzen. Sein Institutswidersacher, der auf den Impressionismus spezialisierte Professor Kliemann hatte schon ein Konkurrenzprojekt in Vorbereitung, für das er Arno gewinnen wollte. Sein eigener Assistent war zu einem roten Tuch mutiert. Auch erinnerte ihn sein zweiter Mitarbeiter Tintenfass in letzter Zeit öfters an die ›gemeinsamen‹ Publikationen mit Arno. Aufgrund dieser Eindrücke fühlte sich Monet im Ausnahmezustand. Wie sollte er den Attacken seiner eigenen Schüler begegnen? Er musste sie, wie auch immer, bald loswerden, um in Ruhe zu seinem wohlverdienten Ruhestand zu gelangen, ein wahrhaft hehres akademisches Ziel!

3 Professor Heinrich Kliemann, der intellektuell überlegene Gegenspieler von Monet, stand in einer ambivalenten Haltung zu Arno, als Kunstdetektiv sah er ihn beim falschen Professor und hätte ihn gerne abgeworben und für sein Team geködert, mit dem Versprechen eigenständiger Publikationen für Arno. Wegen des bislang erfolglosen Werbens war er jedoch mehr und mehr enttäuscht und verärgert gewesen und sah sein Millionenvorhaben »Neue Wege zum Werk von Auguste Renoir« ernsthaft bedroht. Bisher war die Laufbahn von Kliemann (manche nannten ihn aufgrund der Ähnlichkeit seines Namens mit dem des berühmten Archäologen »Trojaner«) äußerst erfolgreich verlaufen. Mit einem die Geschichte der Malerei prägenden Bestseller über den französischen Impressionismus hatte er in der Scientific Community Respekt und Ansehen gewonnen. Daran schlossen sich die ehrenvollen Lehrtätigkeiten an der Universität Heidelberg, an der Monash University Melbourne und der Johns Hopkins University Baltimore an. Da seine Frau aus Thüringen kam und das grüne Herz Deutschlands liebte, hatte sich Kliemann dann gerne für Jena entschieden.

Aufgrund seines cholerischen Temperaments fürchtet er jetzt einen öffentlichen Zornesausbruch und ein heftiges Ausrasten, er kannte diese seine Schwäche genau, konnte aber damit nicht angemessen umgehen. Auch wusste Arno von Kliemanns kurzzeitigem Verhältnis zu seiner Doktorandin Anja Fürstlein, das Bekanntwerden dieser Liaison glich einem harten und kaum ohne massive Blessuren zu überlebenden Schlag für den Lehrstuhlinhaber, das Waterloo für seine Ehe mit der charmanten Elisa. Ohne Arno wäre die Welt und die kunsthistorische Landschaft sicher viel angenehmer gewesen, nur war bislang kein Mittel zur Veränderung des Status Quo in Sicht. Sollte sich der Pisaner doch zurück in die Toskana scheren – Arno, go home!

4 Die mit Arno oft das intellektuelle Gespräch pflegende Doktorandin Anja Fürstlein hatte inzwischen Angst vor Arno und vor den anderen Mitarbeitern im Institut. Man munkelte von einem Plagiatsverdacht. Anja habe versucht, bei Arno abzukupfern. Aufdenblatten-Tintenfass nannte sie aufgrund ihrer unattraktiven Hornbrille und ihres oft unvorteilhaften Outfits stets das Mauerblümchen oder sprach sie in Anspielung auf einen berüchtigten bayrisch-blaublütigen Plagiator provokant als kleine Baronesse an, sodass sie schon die Felle ihrer akademischen Karriere davon schwimmen sah. Für ihre sich großbürgerlich gebenden, wohldistinguierten Eltern würde eine Welt zusammenstürzen, hatten sie doch Anja in all ihren Lebensphasen als Gegenstand ihres eigenen Ehrgeizes behandelt, alle wichtigen Entscheidungen Anjas diktiert, ebenso alle männlichen Verehrer als unter dem Niveau befindlich abgelehnt und vergrätzt. All dies hatte zu beträchtlichen psychischen Schäden bei ihrer Tochter geführt. Ein Hoffnungsschimmer war ihr neuer Freund Timmi. Er ignorierte die aristokratischen Altvorderen und schien eine erstaunlich positive Wirkung auf die junge Dame zu haben. Sensibel, verständnisvoll, mit beiden Beinen fest im Leben stehend, praktisch veranlagt, Ingenieur für Wasserwirtschaft und engagierter Umweltschützer, gelang es ihm, Anjas große grau-grüne Augen für neue Sichten zu öffnen. Sollte sie in der akademischen Welt bleiben, würde sie über die vielfältigen malerischen Darstellungsweisen des Wassers arbeiten wollen.

In den selten gewordenen ruhigen Minuten, beim Spaziergang mit Timmi auf den malerischen Jenaer Bergen oder bei der Siesta auf der kleinen Gartenbank, flanierten vor Anjas geistigem Auge die ungemein verschiedenen, variationsreichen, farblich faszinierenden Kompositionen des Gegenstandes Wasser, der nach John Ruskin wundervollsten anorganischen Substanz. Bedeutende Gemälde großer Meister kamen in den Blick: Ilja Repins mächtiger Wolgastrom mit den Treidlern; die zugefrorenen Grachten bei den holländischen Meistern des »Goldenen Jahrhunderts«; der Heidelberger Neckar in William Turners Darstellungsvariationen, mal unter dem Regenbogen, mal im Sonnenuntergang und sommerlich-gelb schillernd; der tobende Reichenbachfall und der in kräftigem Blau erscheinende Silvaplanersee im Herbst bei Ferdinand Hodler, Claude Monets zur Meditation einladenden Seerosenteiche wie auch die wilden Ozeanwellen des Impressionisten; Emil Noldes Farbkomposition der sich durch Jena schlängelnden Saale oder das raue, dunkel-romantische Meer bei Caspar David Friedrich. Die Darstellung des Wassers in der englischen Malerei erschien ihr als das feucht-farbige Traumthema, mit Studien zu Thomas Gainsboroughs »The watering place«, über den in einem hell schimmernden Fluss fahrenden Heuwagen von John Constable, einem Farbmagier, der das bloße Rauschen des Wassers über ein Mühlenwehr, Weiden, alte verwitterte Planken und brüchiges Mauerwerk über alles liebte und natürlich mit Forschungen über den schon erwähnten und neben Monet unangefochtenen Virtuosen der Wasserdarstellung William Turner, der die Optik der Wasserspiegelungen zelebrierte, sowohl sanft rinnende Bächlein als auch ein Sklavenschiff im vom Wind aufgepeitschten Meer meisterhaft auf die Leinwand zu bringen vermochte.

Timmi war jedenfalls das bewegende Wasser auf Anjas festgefahrenen Mühlen. Ein neues Forschungsprojekt ihres Professors Kliemann könnte ihre Weiterbeschäftigung sichern, ein Erfolg des Monet-Teams grenzte an eine Katastrophe und könnte das Ende ihrer universitären Träume bedeuten. Sollte Arno die Affäre mit ihrem Chef Kliemann hinausposaunen, wäre Timmi gar nicht amüsiert und der Trümmerhaufen zugspitzenhoch. Ihren Freund und Geliebten wegen dieser Dummheit zu verlieren, das würde sie nicht verkraften, es wäre ihr endgültiges Aus. Um das mit allen ihren Mitteln zu verhindern, könnte sich das Mauerblümchen zur Furie wandeln. Das Haar in der Suppe trug den Namen des italienischen Flusses durch Pisa und den eines Fasses voll schwarzer Tinte.

5 Aus der Sicht von Spock und seines professoralen Housekeepers war die junge britische Gastprofessorin Clair Plant das Juwel des Kunsthistorischen Instituts, in jeder Hinsicht. Die Minute des Kennenlernens war Laurenz in atemnehmender Intensität gegenwärtig. Wer hat ihm, so schoss es ihm damals explosionsartig durch den Philosophenkopf, diese bezaubernde Teufelin geschickt? Hatte er doch so lange und mühselig um die Meeresstille seiner Seele gerungen, aber so leicht konnte man eben dem Satan nicht entrinnen. Dem katzenliebenden Blaustrumpf aus Northhampton war ein doppelter »Cambridge« gelungen: am Queens College im englischen Cambridge ein Studium der Kunstgeschichte und Philosophie absolviert, dann an der weltberühmten Harvard University in Cambridge Massachusetts mit herausragendem Erfolg den Doktorhut aufgesetzt bekommen. Auf dem Gebiet der englischen Malerei bewegte sich die junge Forscherin mit traumwandlerischer Souveränität und war in Sachen Malerei eines Gainsborough, Sargent oder Turner nicht zu schlagen. Mit einem Quäntchen Glück stand eine steile und glänzende akademische Karriere vor ihr, mit ein wenig Pech standen manchen ihrer künftigen männlichen Kollegen ernste Herzrhythmusstörungen und eine Armada gestrandeter amouröser Hoffnungen ins Haus. Neverkühn bevorzugte auch für Clair Plant eine bei Thomas von der Trave geborgte Anrede: Clarissa vom bezaubernden Berge. Während eines Urlaubs in der Nähe des hübschen Waldviertler Ortes Zwettl hatte er Clair im Mohndorf Armschlag zufällig getroffen und mit ihr dann im Cafe Neuwieninger bei zweimal Mohntorte mit viel Schlagobers die geistigen Klingen gekreuzt, ein gewaltiges Duell von Ebenbürtigen, wie es beide mochten. Mit seinem Schlusssatz brachte er den uneingeschränkten Respekt vor der englischen Lady auf den Punkt: »Jesus Maria und a bisserl Josef«

Clair war eine Cousine von Melrose Plant, des siebten Earl of Caverness und fünften Viscount of Ardry; ihre fein geschnittene Physiognomie verriet ihre aristokratische Herkunft, ihre Verwandtschaft mit dem gelehrten Earl und Hobbydetektiv, mit dem sie begeistert über Sachen wie die europäische Romantik, Rene Magritte oder die holländische Malerei debattierte. Spocks Londoner Kater-Bruder Cyril, Freund von Chiefinspector Richard Jury und Scotland Yard-Maskottchen war ebenso wie sein norwegischer Katergeselle Spock vernarrt in die faszinierende Weiblichkeit aus Northants. Cyril verglich Clair oft mit Carole Anne Palutski, der bildschönen Nachbarin von Richard Jury, einer erotischen Supernova, gegen deren Verführungskünste der Inspektor nur in den Detektivgeschichten von Martha Grimes immun zu bleiben vermochte, Künsten, bei denen die Cyril einmal Augenzeuge war: Carole Anne ließ ein überschäumendes Bier über ihr Top laufen, zwischen dem Textilen und der Haut war kaum noch eine Differenz. Da ihr Richard beim Einziehen half, hatte sie gehofft, dass er ihr auch beim Ausziehen behilflich wäre. Zu ihrer grenzenlosen Überraschung trocknete er Carole Anne aber nur das hocherotische Bäuchlein, das Cyril und Spock durchaus gefiel, Clair war ihre Favoritin.

Sobald sie in das Blickfeld von Spocks an eine gefährliche Schlange erinnernden gelben Äuglein kam, war dies einer der äußerst seltenen Momente, in denen er wünschte, ein männlicher Zweibeiner zu sein und nicht ein vierpfotiger Haustiger. Immerhin, so tröstete er sich, konnte er – welch unermesslich kostbares Privileg – ganz unbefangen auf den Schoß von Clair springen und sich dort niederlassen. Gab es einen verlockenderen Platz in diesem Universum? Sein samtenes Fell wurde dann liebkost, was er mit unüberhörbarem Schnurren genoss. So kamen sich beide doch etwas näher, sodass bei den Zuschauern der Neid auf den Kater unübersehbar hervortrat.

Zu den Eifersüchtigen gehörte auch der Prof, der die Gespräche mit ihrer Ladyschaft über Murillo, Renoir oder Duchamp und natürlich über Hegels Ästhetik sehr schätzte. In Clairs amethystenfarbene Augen vermochte er allerdings nicht sehr lange zu schauen und war jedes Mal von der englischen Aristokratin deeply impressed, sie war ihm seine Donna pura. Gar zu gerne hätte er nur ein einziges Mal ihr linkes Ohr mit den feinen Härchen geküsst. Auch träumte er oft von einer unendlich scheinenden Irrfahrt durch das sizilianische Palermo, allein mit Clair in einer Straßenbahn, sie in einem schwarzen Minikleid, dann sie ganz ohne. Mit aller Sanftheit und Zärtlichkeit streichelte er ihren teuflisch schönen Körper, verweilte bei ihren verlockenden leibhaftigen Brüsten, die wohl nicht nur ganze Malergenerationen ins Entzücken versetzt hätten, schließlich schnurrten sie beide in wohlig-glücklicher Katzenmanier … Dann quietschte die Straßenbahn durchdringend – auch sie war wohl von den scharfen Kurven aus dem Gleichgewicht gebracht worden – und der Traum war vorbei. Die Welt war eben doch ungerecht, ihr Schöpfer damals wohl kaum bei der Sache und wenig gründlich gewesen. Oder der Allmächtige war eifersüchtig und er gönnte mir solch Über-Glück nicht, so räsonierte der Professor in einer für ihn keineswegs schmeichelhaften Weise.

Oh, Clair!

Die brillante Forscherin aus Long Piddleton konnte auch manchmal völlig unnahbar und traurig in sich versunken sein, vielleicht dachte sie an den hohen Preis, den eine akademische Laufbahn für manchen ihrer persönlichen Wünsche fordern würde. Clair liebte alle Selbstverhältnisse wie z. B. das Selbstgespräch, die Selbstironie, die Selbsthilfe, den Selbsthass, das Sichselbst-Beschenken, das Selbstmitleid, das Selbstverständnis oder Sich-selber-Denken, das Selbstbild und das Selbstproträt. Sobald es um diese Themen ging, würde sie sofort und unüberhörbar das Wort an sich reißen und auf die Selbstreferenz »Ich = Ich« und »Clair = Clair« verweisen, zählte doch zur Verblüffung vieler ihrer Bekannten der deutsche Philosoph Johann Gottlieb Fichte und dessen Ich-Philosophie zu ihren Steckenpferden.

Als Kunsthistorikerin hielt es ihre Ladyschaft für eine absolute Pflicht, vorzüglich auf Italienisch zu parlieren, ein Semester als Gastdozentin in Padua hatte ihr Italienisch auf Glanz poliert. Sie versuchte sich an einem Essay über den von Michelangelo mitgestalteten Dom im Zentrum der Perle des Veneto, sie setzte sich frech auf den hölzernen Originallehrstuhl des Galilei, sie goss im Botanischen Garten die Goethesche Urpflanze mit dem Mineralwasser San Pellegrino und betrank sich mit zwei Flaschen Nebbiolo im Palazzo della Ragione, dem Palast der Vernunft, was bei den Carabinieri aktenkundig wurde. Während der Philosoph anlässlich einer dienstlichen Visite in Padua den Heiligen Antonius, den Schutzpatron von Padua und Paderborn, um dessen segensreiche Hilfe für anstehende Forschungsanträge bat, geriet die Kunstexpertin ob der Ansicht des vor der Antonius-Kathedrale stehenden Gattamelato, des Pferdes von Donatello, in enthusiastische Verzückung, die vielleicht nur mit derjenigen Schliemanns beim Fund von Troja vergleichbar war.

Schließlich legte der Professore der von einer kleinen voreuropäischen Insel stammenden und ungläubigen Professorin Giottos Höllendarstellung an den Wänden der Scrovegni-Kapelle nahe, als Hinweis auf ihr unausweichliches jenseitiges Schicksal. Die Teufelin war – wie vorhersehbar – durch die Folterpraktiken ihrer beelzebubischen Verwandtschaft in keinster Weise zu erschrecken oder gar zu erschüttern. Immerhin erwirkte Laurenz auf dem Gnadenweg die ewige Besuchserlaubnis in Clairs künftiger Höllenresidenz, als Gesandter aus Himmel Sieben. Wenn schon kein bisschen Himmel auf Erden – so sein enttäuschter wie frohlockender Kommentar – dann wenigstens häufige Rendezvous mit der Lady im Reich des Satans, gemäß dem Motto: Heaven is a place in hell. Oh, Clair!

Gegen Claire benutzen Arno und Tintenfass das mit dunkelgelben Neid getrübte Gift der üblen Nachrede: Lügen über ihre skandalumwitterte Vergangenheit als Adelsspross, Legenden über ihren polizeibekannten bacchantischen Taumel in Padua, Gerüchte über ihre angeblichen sexuellen Ausschweifungen und über ihr vermeintliches »Hochschlafen« zur Professur. Für die Entfernung der von ihr zutiefst verachten beiden Herren empfahl Ihre Ladyschaft ein probates Mittelchen: Gift! Belladonna von der Bella Donna. Wohl kaum zufällig trägt eines der probatesten Gifte den Namen »Schöne Frau«!

6 Von der Institutssekretärin Lola Bauerfreund der feschen Lola, wurde Arno gar gehasst, sie waren für Monate liiert und von heute auf morgen hatte er sie ohne ein Wort verlassen und in Gegenwart anderer herabgesetzt und beleidigt. Noch eine Woche vor der Trennung hatte er im Bett eine anstehende Sensation aufgrund eines sensationellen Gemäldefundes ausgeplaudert. Arno war ein weiterer Misserfolg auf Lolas unermüdlichen Jagd unter dem Motto: »Ich will 'nen Akademiker als Mann.« Auch Laurenz passte in ihr Beuteschema und sie war mitunter Gast in seinem Haus gewesen, die Begleitmusik kam von der englischen Band The Kinks und ihrer »Lola«. Das Spitzohr sah sie einmal bloß mit einem knappen T-Shirt bekleidet, das ihre formidablen kleinen Brüste bedeckte. Für ihr erotisches Highlight sorgten dann die Züge des schwarzen

Königs eines kostbaren Schachspiels – Spock verstand in diesen Situationen die professorale Rede von der sinnlichen Gewissheit. Beim »Trojaner« Kliemann blieb Lola ohne geringste Chance; Monet neigte wohl dem eigenen Geschlecht zu; Professor Nostaw war überzeugter schottischer Junggeselle; bei dessen Assistent Dr. Frank Schlechter bestand nur noch winzige Hoffnung. Mit Professor Horst Adler (»Adlerhorst«), der wegen Vorträgen in Rio de Janeiro, bei der Klausurtagung fehlte, waren One-Night-Stands keine Hürde, der Experte für Tier- und besonders Vogeldarstellungen in der Kunst hatte eine offenkundige Vorliebe für die Weiblichkeiten. Gerade betreibt er wohl Studien zur Ästhetik extrem knapp bekleideter brasilianischer Schönheiten an der Copa Cabana. Laut Tintenfass derb-ätzendem Spott beschäftige sich »der Horschtl« vornehmlich mit Vögeln – null Chance für die von Lola ersehnte feste Beziehung. Aber anders als die vorherigen Gespielen hatte ihr Arno erst Hoffnung gemacht und sie dann ausgelacht und verhöhnt, das würde sie so nicht hinnehmen. Sie wünschte ihn zum Teufel, zum ewigen Schmoren in der Hölle. Er gehört nicht ins Jenaer Paradies, sondern in Dantes Inferno – so auch die Empfehlung des Mäuseschrecks Mr. Spock.

7 Dr. Frank Schlechter, der Assistent von Professor Gideon Nostaw, war Spinnefeind mit Tintenfass und Arno. Mit üblen Lügen und Intrigen war es beiden gelungen, bei Irena, der hübschen Freundin von Frank, Zweifel an dessen Ehrlichkeit und seiner Liebe zu ihr zu erwecken. Die Beziehung war daraufhin zum besonderen Bedauern der besten Freunde von Frank – Clair, Gideon, Laurenz und Mr. Spock – leider zerbrochen und die hübsche und lebenslustige Irena in die Fänge des gewieften Blenders Tintenfass geraten. Inzwischen sah sie die Heirat mit Aufdenblatten als schwerwiegenden, tragischen Fehler an und verfolgte die Scheidung. Frank Schlechter hatte den Verlust von Irena nie wirklich verkraftet und sein optimistisches Gemüt bekam einen heftigen Kratzer. Krallen und Kratzen – versetzte das Spitzohr mit aller Bescheidenheit – fallen allerdings in seine besondere Zuständigkeit. So werde er die Kratzer an die Verleumder zurückgeben und mit einer außerordentlichen Portion seines Schnurrens Irena wieder für Frank gewinnen, ein Quäntchen Reue und Läuterung – gut kätzisch: eine Katharsis, wolle er ihr jedoch nicht ersparen.

Im kunsthistorischen Hause galt Schlechter kurioserweise als der Ausländer, obschon in Person von Nostaw und Clair Schottland und England und mit Aufdenblatten die Eidgenossenschaft präsent waren, lieferte der in Thüringer Ohren kaum zu ertragende sächsische Dialekt den Grund für die »Beförderung« Schlechters zum Migranten, zum »Gaffee-und Guchen-Sachsen« aus Ottendorf-Okrilla. Spock hörte aber insgeheim mit »Vergnieschn« die Anrede an ihn: »Mein liiieber Tiiiescher!« Wenn der Kater Franks Bibliothek betrat, pflegte der Doktor stets kräftig sächselnd auf seine Foliantensammlung zu zeigen: »Bieschor, nischts wie Bieschor!« Spock schmunzelte, wenn der junge Assistent »ä Schälchen Heeßn, keene Blämbe und keen Bliemchen, un ne Bämme« – kurz: einen guten Kaffee und ein Sandwich – bestellte oder von seinen Dienstreisen nach »Arschentinschn« und »Bulgarschn« und zurück mit dem »Flieschor« zu den »Hieschln« von Jena berichtete und dann Spocks »Nischl« und »Gusche« kraulte, um den Kater »dichdch anzuhibbschn«, an Kopf und Mund tüchtig hübsch zu machen. Er war »een gemiedlischer« Sachse, der sich gern amesierte«, aber die »Huddlei« mit der »Monet-Baggasche« und jeglichen »Babiergriesch« hasste. Früher hatte er Irena sein »Mudschegriebchen«, sein Marienkäferchen, genannt.

Neben persönlichen Konfliktsituationen in Sachen Irena verachtete Frank Schlechter Arno und Tintenfass auch wegen der unangenehmen und unfairen Konkurrenz auf dem Felde der Wissenschaft. Sein Lehrer Nostaw war wegen seiner rätselhaften Zurückhaltung gegenüber den beiden Monet-Assistenten hier leider keine große Hilfe. Der junge Schach-Freak beabsichtigte, die beiden Herren in die Ecke des Brettes zu drängen und dort mattzusetzen, am besten mit dem erstickten Matt, oder sie – wie es in der Schachsprache heißt – an einem vergifteten Bauern zugrunde gehen zu lassen. Clair hatte für diesen Kasus ja auch schon öfters Gift empfohlen. Spock und der Professore hofften inständig, dass dieses Gift nur im übertragenen Sinne, in symbolischer Weise verabreicht würde. Ein Giftmord wäre das schlechteste Mittel überhaupt. Doch genau dieser Super-GAU, das größte anzunehmende Unheil, war eingetreten und Arno vergiftet worden.

8 Zu den Koryphäen des Kunsthistorischen Instituts von Jena gehörte zweifellos auch der hochgelehrte und scharfsinnige Kunsthistoriker Professor Gideon Nostaw aus dem schottischen Edinburgh. Nach seinen Studien in Cambridge und Stanford hatte er in Oxford über Magritte und de Chirico promoviert. Das Buch avancierte zu einem Standardwerk der internationalen Forschung. Für den Bereich der Malerei des 20. Jahrhunderts galt er als einer der führenden Köpfe überhaupt. Er war ein sehr zurückhaltender, aber äußerst freundlicher Zeitgenosse, für den Eitelkeit und schottischer Geiz Fremdworte blieben. Verliebt war er ganz in seine Wissenschaft, die er mit größtmöglicher Akribie,

Seriosität und Leidenschaft betrieb. Und er vergötterte Katzen, speziell das Spitzohr seines Philosophenkollegen Laurenz Silvester und natürlich Martha Grimes' Cyril von Scotland Yard. Und Mr. Spock fiel jedes Mal in norwegisch-thüringische Begeisterung, wenn Nostaw zu Besuch kam. Der Name Scotland Yard, so der Kater, hatte doch eine tiefere Bedeutung.

Scottie und Spockie – Innehalten in der Gartenidylle

Der Kater und sein Edinburgher Kunsthistoriker wandelten gerne im idyllischen Garten des Hauses Baker Street am Rande von Jena und sprachen – ganz in sich versunken – über Norwegen und Schottland. Oft herrschte eine buddhistische Stille, wie sie Laurenz im japanischen Eihei-Ji Kloster erleben durfte. Für Mr. Spock waren dies seine Kat-Zen-Sitzungen, seine meditativen Sitzübungen, mit dem intensiven Er-Innern an die norwegische Heimat, an den Norwegian Wood. Seine Vorfahren hatten auf den Lofoten gelebt, daher wohl die Bezeichnung »Pfoten« für die Katzenhände und -füße. Jagen im Föhren- und Tannendunkel zwischen Nordkap, gewaltigen Gletschern und den herrlichen, fischreichen Fjorden, lieben auf dem samtenen Moos der von Buchen und Eichen geprägten Laubwäldern, Bauch vollschlagen mit süßen Preisel- und Heidelbeeren, nachmittägliches Palaver mit Dachs, Marder und Vielfraß, am Abend der gelehrte Disput mit den klugen Delphinen – was kann eine Katzenherz mehr begehren! Im seligen Gedenken an Jean Paul und den Kater Murr versuchte sich der Samtpfötige gar an den Höhen poetischer Landschaftsmalerei, wenn er an den norwegischen Bergen den Schimmer hinunter in die schwarzen Gründe stürzen sah, der an den

Klüften auflief und wie lebendige Geisterspiele um grüne Gipfel und über Schneeflächen schweifte und Schatten gebar. In den schottischen Wäldern, so Nostaw, gebe es noch Refugien für die Wildkatze, Musik in den Ohren von Spockie. Auch könne man unter Kiefern, Lärchen oder Ebereschen Mardern, Eichhörnchen und Reineke Fuchs begegnen, natürlich auch gut genährten Nagetieren, allerdings gebe es zwischen Loch Lomond und dem Central Belt in Gestalt des Mäusebussards und verwandter Greifvögel mächtige Fresskonkurrenz für die Katzentiere.

Das Spitzohr erinnerte sich an die Gespräche mit der norwegischen Prominenz, mit Ibsen und dem schreienden Edward Munch, an die den Norwegian Wood oft besuchenden US-Kumpels wie Katz Walden-Thoreau, Wald Whitman, Ralph Waldo Emerson und John Walden, dem Haupt der Walden-Family aus den Wäldern Virginias. Auch mit seinem schottischen Bekannten Nessie stand Spock über Skype in Kontakt und verhandelte mit Steven Katzberg über eine Verfilmung der Horror-Geschichte vom Loch Ness. Caledonia und Norwegia verstanden sich prächtig, von der Melrose Abbey Ruine, Edinburgh- und Stirling-Castle über den Hadrianswall bis hin nach Bergen und Spitzbergen – vor lauter Idylle schienen die Speziesunterschiede zwischen Mensch und Tier sich in Wohlgefallen aufzulösen, ein Duft von Weihrauch ob solcher Harmonie war zu schnuppern. Die Freunde schlummerten schließlich ein, nur das norwegisch-schottische Schnarchen störte die buddhistische Gartenruhe im Schatten des schmunzelnden Quittenbaums.

* * *

Zum Erstaunen der Institutsmitglieder fürchtete der Schotte jedoch Arno und Tintenfass, letzterer nannte ihn den »Rückwärtsprofessor« – denn rückwärts gelesen lautete sein Name ja Watson. Wegen eines für seinen Urgroßvater Dr. John Watson kompromittierenden Briefwechsels mit den in Edinburgh studierten Arthur Conan Doyle, aus dem hervorging, dass der Schöpfer des Sherlock Holmes den mitunter etwas trotteligen Watson nach Charakterzügen des Vorfahren von Gideon gezeichnet hatte, war die Namensumkehrung auf dem schottischen Gnadenwege erfolgt. Irgendwie hatte dies Arno herausbekommen und Aufdenblatten eingeweiht. Beide piesackten daraufhin den Professor durch die Blume – »der umgekehrte Professor«, »der große Bakerstreet-Detektiv«. Zu allem Unglück war Kriminalisieren das Hobby des Kollegen aus Edinburgh, der offenbar wegen Arno und Tintenfass unter größtem Druck stand.

Möglicherweise hatten die beiden Monet-Mitarbeiter wohl aber noch eine weit größere Leiche als die Conan-Doyle-Story in Nostaws Keller gefunden, sonst erschien das rätselhafte Verhalten des engen Laurenz-Freundes nicht erklärbar. Mr. Spock kündigte darauf eine gründliche Inspektion des Nostawschen Kellers an, diese Leiche werde ihm nicht verborgen bleiben und man könne dann die Nadelstiche der Monet-Gehilfen, dieser »Kellerasseln«, abwehren, so die unmissverständliche, kraftstrotzende Botschaft der schleichenden Kater-Bestie. Dem Schicksal von Poes Kater Plato, im Keller mit der Leiche eingemauert zu werden, würde er natürlich entgehen, er war schließlich schneller als Schmidts Katze. Laurenz war aber in größter Sorge um seinen detektivischen Lieblingskollegen aus Edinburgh, fürchtete eine unkontrollierte Aktion des sonst so grundfreundlichen Mannes gegen

Arno und Aufdenblatten. Zur Hölle mit den Monet-Adepten!

Der Fall Rembrandt - Die Beichte des Gideon Nostaw

Nach seiner Rückkehr ins Haus Baker Street ließ sich Nostaw in den Ohrensessel fallen und rief: »Gebt mir bitte noch ein Glas von dem himmlischen Grappa Cogito eurer piemontesischen Philosophin aus Rocchetta Tanaro – Ich beichte und so bin ich.« »Einspruch, Euer Ehren«, rief laut Ihre Katerschaft, »dieser letzte Satz bezieht sich auf ein Katzenheiligtum und lautet in seiner einzig richtigen und ewig gültigen Fassung: ›Ich schnurre, also bin ich.‹ Nach langer Irrfahrt in der dunklen Zeit der Verfolgungen und Katzenverbrennungen auf dem Scheiterhaufen hatte der mit großen grauen Zellen ausgestattete französische Felin Rene Descartes (Catzesius) ›Land!‹ gerufen und diesen absoluten Schnurr-Satz des Katzionalismus formuliert.«
Der schottische Kunstprofessor setzte zu einem zweiten Beichtversuch an: »Die Nervosität von Arno und Tintenfass während der Klausur versetzte mich in eine Panik und ihr habt natürlich schon lange festgestellt, dass ich mich den beiden Monet-Leuten gegenüber seltsam und unnormal verhielt. Den Grund sollt ihr jetzt endlich erfahren. Freunden wie euch hätte ich schon viel früher reinen Wein einschenken müssen. Schon vorweg bitte ich um ein ganz klein wenig Verständnis, vielleicht könnt ihr mir später auch verzeihen: Die Monetti-Adlaten hatten herausgeschnüffelt, dass mir vor 21 Jahren bei einem Echtheitsgutachten für ein vermutlich von Rembrandt stammendes Werk ein eklatanter Irrtum unterlaufen war. Das Gemälde ›Leonardo und Raffael im Gespräch vor einer Leinwand‹ hatte ich

Rembrandt zugeschrieben, aber es stammte von einem seiner Schüler, Jan Rintelen van Herdonk. Das Urteil des zweiten Gutachters contra Rembrandt war dann durch Zufall einige Wochen später bestätigt worden. Da noch kein Schaden entstanden war, wurde mein Irren nicht publik, aber in Gestalt von Arno und Tintenfass begegnete mir dieses peinliche Versehen fast jeden Tag. Da sie wissen, dass ich den Kern meines Lebens in meiner akademischen Reputation sehe, fürchtete ich das Bekanntwerden des Fauxpas wirklich mehr als vieles andere – hier stehe ich nun und kann nicht anders, als euch ein hübsches Mordmotiv zu präsentieren.«

Die Samtpfote war echt betroffen und etwas enttäuscht, dass die norwegisch-schottische Wald- und Garteneintracht nicht zu einem früheren Coming out in Sachen Fehlgutachten geführt hatte. Aber Spock erinnerte daran, dass er auf einem nächtlichen Raubzug einen Frosch mit einer Maus verwechselt hatte. Dies wagte er bislang auch noch niemanden anzuvertrauen. Irren sei doch zutiefst kätzisch und komme noch viel häufiger bei Menschen vor. Neverkühn erkühnte sich einzuwerfen, dass bei der außerirdischen Agatha Christie einmal auch Hercule Poirot, somit der Detektiv, als Mörder, agierte. Deshalb müsse Nostaw zumindestens als potentieller Täter gelten. Nach massivem Protest des Silvester-Clans schloss er dann jedoch messerscharf, dass natürlich nicht sein kann, was nicht sein darf. Dieser Schluss stamme leider nicht von einem Tonsetzer, sondern von einem Wortsetzer, wobei doch aber der Ton heiliger wäre als das Wort. Aber er wolle nicht scherzen und kein Scherzo komponieren, sondern eine rekonstruktive Sinfonie, die direkt zum Bösewicht führen sollte. Jedoch schlug Neverkühn vor, dass es strategisch klug wäre, diesen Verdacht zur Täuschung des wahren Täters zu pflegen, der wirkliche Unhold würde sich dann vielleicht in Sicherheit wiegen. Laurenz fürchtete aber eine Verhaftung, denn das schlichte Gemüt von Inspektor Lett würde sich auf das Offensichtliche stürzen und sich daran festbeißen. Die Detektive mussten jetzt schnell an die Ermittlungsarbeit, Avanti, Detection Club!

Geigers Rapport

Der 14. Juli neigte sich seinem Ende zu. Gegen 22 Uhr trafen sich die Kriminalisierer, um dem Bericht von Lett-Geiger über die bisherigen polizeilichen Ermittlungsergebnisse zu lauschen – auf der einen Seite das humanoide Dreigestirn Silvester, Nostaw und Neverkühn, auf der anderen das katzorianische Detektiv-Imperium mit Mr. Spock, der German Rex Post Mortem alias Madame Boerne sowie dem via Videoconferencing zugeschalteten Main Coon-Kater Uncle Abe und der Scotland Yard-Legende Cyrus, dem imposanten Kartäuser aus London. Der herbeigerufene Kurienkardinal Gottlob Himmelsstern alias Poirot, der weiße, wohlgenährte Perser-Kater, der Papst kätzischer Kunst und bekennender Wolfe-Fan, war bereits zum thüringischen Großflughafen Altkaternburg unterwegs.

Geiger wurde gleich nach seiner Ankunft ein Gläschen L'Essenza, ein vorzüglicher Moscato aus dem Piemont, eingeschenkt, in der Hoffnung, dass dieser Tropfen zungenlösend wirkte. Da Nostaw bereits den Ablauf der Ereignisse im Institut in den Grundzügen geschildert hatte, beschränkte sich Geiger mit ernster Miene, die von seiner überdimensionalen Derrick-Brille verstärkt wurde, auf die Resultate von Spurensuche und Befragungen. »Nach ersten Untersuchungen wurde Arno Landner zwischen 16.30 und 17.30 Uhr durch ein schnell wirkendes Gift, wahrscheinlich Belladonna, getötet. In einem der Weingläser fanden sich Giftreste, in der fast geleerten Flasche Wein hingegen keine toxischen Überbleibsel. Möglicherweise hatte ein Besucher das Gift unbemerkt in Landners Glas gekippt, sofern wir Selbstmord ausschließen. Aufgrund der exakten Befragungen und pfeilschnellen Prüfungen des Zeitablaufs kann der Kreis der Verdächtigen schon begrenzt werden:

a) das Niethammer-Haus wird bei Gelegenheiten wie der Klausur stets von innen verriegelt. Die Sekretärin Lola Bauerfreund hatte dies auch nach dem vorzeitigen Weggang von Dr. Frauke Sanding erledigt;

b) es könnte sich natürlich eine weitere Person vorher im Hause versteckt haben.

Allerdings gab der peinlichst befragte Hausmeister an, dass er in der Mittagspause in allen Zimmern eine Routinekontrolle elektrischer Geräte vorgenommen und dabei ausschließlich ihm bekannte Institutsmitglieder angetroffen habe.
Als Hauptverdächtige müssen die Professoren Monetti, Nostaw, Kliemann und Plant sowie die Mitarbeiter Aufdenblatten, Schlechter, Fürstlein und Bauerfreund ins Visier genommen werden, allerdings konnten Monetti und Aufdenblatten ein Alibi vorweisen, das jedoch noch streng überprüft wird.«
Cyrus forderte Geiger auf, seinen Freund Nostaw umgehend von der Liste zu streichen, für ihn lege er seine Pfote ins Feuer. »Nun, Mylord«, grantelte Geiger, »ich traue ihrer Scotland-Connection nicht so ganz, ihrer Scotland Yard und Edinburgh-Clique. Aber jetzt zu den hier kurz zusammengefassten Ergebnissen

meiner gründlichsten Befragungen der Verdachtspersonen, die ich streng nach akademischer Hierarchie vorgenommen habe, wobei sich die meisten Vernommenen sehr zurückhaltend, reserviert und äußerst wortkarg, ja störrisch gaben. Es besteht, meine geschätzten Amateur-Detektive, erhebliche Verdunklungsgefahr!«

* * *

Mit dramatischer Geste wies Professor Monetti auf die erhebliche Katastrophe für sein hochanerkanntes Haus und den zu erwartenden gravierenden, aber unbedingt zu begrenzenden Ansehensverlust hin, als ob an diesem Institut das Wohl und Wehe der Welt hing. Das Bedauern über den Tod eines seiner engsten Mitarbeiter kam nebenbei und später, er schien davon nicht sehr betroffen zu sein und könne ein unumstößliches Alibi beibringen: Zwischen Klausurende und Beginn des kleinen Umtrunks führte er im Direktorenzimmer ein längeres Gespräch mit Aufdenblatten. Letzterer wie auch die Sekretärin, die im Vorzimmer ihres Chefs residierte, bestätigen das ohne Einschränkung. Professor Nostaw suchte auf Bitte von Landner diesen kurz nach der Klausur in dessen Zimmer auf. Arno hatte ihm eine riesige Sensation angekündigt und ihn genötigt, auf diese bald Furore machende Neuigkeit mit einem Glas Wein anzustoßen. Danach hielt sich Nostaw eigenen Angaben zufolge in seinem Dienstzimmer auf und habe telefoniert und E-Mails geschrieben, dies werde gerade überprüft.

Nachdem Professor Kliemann Arnos Einladung zu einem Wein ablehnte, schaute er dann kurz bei der Sekretärin vorbei und ging schließlich nach einem Gespräch mit Anja Fürstlein in sein Büro, bevor er sich gegen 17 Uhr ins Konferenzzimmer begab. Er hätte somit die Gelegenheit zum Mord gehabt.

Frau Professorin Plant, die keinerlei Zeichen von Nervosität, Bestürzung oder gar Trauer zeigte, gab an, die betreffende Zeit in ihrem Office verbracht zu haben. Diese Belladonna verfügt jedoch über keinerlei Alibi und ihr gelegentlicher Wechsel in die englische Sprache erscheint höchst verdächtig.

Nach einem kurzen aggressiven Geplänkel mit Arno auf der Treppe zum 1. Stock in sein Büro hatte sich Dr. Schlechter ins Dienstzimmer zurückgezogen. Die meisten Mitarbeiter waren Zeugen dieses lauten Zwischenfalls, gipfelnd in Arnos lautem Prahlen, dass bald eine Mega-Bombe platzen würde, die auch Schlechter und dem Trojaner um die Ohren fliegen und ihre frechen Schnäbel schließen würde. Der von Arno attackierte junge Assistent war sicher in heftiger Erregung und gar nicht gut auf Landner zu sprechen, ebenso konnte er kein Alibi vorweisen.

Anja Fürstlein half laut Aussage der Sekretärin, zeitweilig, den Imbiss vorzubereiten, ansonsten sei sie in ihrem Zimmer gewesen, wofür es keine Zeugen und keinen Beleg gibt.

Die Institutssekretärin Lola Bauerfreund behauptet, fast ununterbrochen das Vorzimmer gehütet und Speisen und Getränke arrangiert zu haben, nur kurz sei sie zur Toilette gegangen. Monetti und Aufdenblatten hätten sich in ein langes und erhitztes Gespräch verstrickt. Wahrscheinlich sprachen die beiden feinen Herren auch über sie, denn das Wort ›Bauer‹ sei öfters gefallen. Auf Bitte ihres Chefs servierte die Sekretärin das Getränk und zwei Gläser.

Aufdenblatten war offenkundig von der kleinen, an der Stirnwand hängenden, schön und neu gerahmten Zeichnung fasziniert. Er schien diesen Signac schier umarmen zu wollen. Prof. Monetti hatte gerade in seinem Schrank gekramt und dann mit hintergründigem Lächeln Lola gedankt.

Geigers Zusammenfassung gipfelte in der saloppen Einschätzung, dass Akademiker sonst nie den Mund halten könnten und dir für gewöhnlich unzählige Kinder in den Bauch reden würden. Hier aber blieben ihre Lippen verschlossen wie eine frische Auster. Sein poltriger Abschiedssatz war bühnenreif: »Arrivederci für heute, ihr Spitz- und Schlitzohren, ihr Möchtegerndetektive!«

Tintenfass in der Baker-Street

Nach Geigers Aufbruch läutete das Telefon und zur Überraschung war Aufdenblatten-Tintenfass am Apparat und bat um eine kurze Unterredung im Haus Baker Street. Die Augen der Raubtiere wurden zu schmalen Schlitzen und leuchteten auf wie diejenigen zorniger Löwen in der Savannennacht, während auf die Gesichter der Menschentiere baffes Erstaunen trat. Nach dem Eintreffen des scheinbar sehr gereizten und zitternden Gastes kurz vor Mitternacht folgte eine noch größere Überraschung auf dem Fuße bzw. auf der Pfote – jetzt platzte tatsächlich die schon von Arno angekündigte Bombe: »Mein Kollege Arno und ich wollten bald zwei Paukenschläge für die Kunstgeschichte der Öffentlichkeit vorstellen. Aufgrund von Arnos bekanntem Spürsinn für verschollene Gemälde und aufgrund meiner vielfältigen Connections würde dies alles Bisherige in der Historie der Sensationsfunde in den Schatten stellen: zwei bislang unbekannte Meisterstücke, eines von Lucas Cranach und eines von Marcel Duchamp, beide von unermesslichem Werte in jeder Hinsicht.«

Diese kaum schnell zu fassende Botschaft hinterließ bei den Anwesenden ein dröhnendes, fast andächtiges Schweigen. Nur der kurz vorher eingetroffene Gottlob Himmelsstern, Leiter der vatikatzischen Kunstsammlungen, hatte ein Wort parat: »Mein Gott!« Zufällig, und der Zufall erfährt hier angemessene Beachtung, schlug die von Schiller eingeweihte Glocke der nahen Kirche 12 Uhr nachts, wie im berühmten Katzenwestern »High Noon and Midnight« mit Catty Cooper und Grace Kitty, dachte Uncle Abe.

Silvester bot Tintenfass eine Apfelschorle oder eine Cola an, der Gast bat jedoch um ein Mineralwasser. Zusammen mit Arno habe er, so Tintenfass weiter, die kostbaren Stücke in der Dachkammer des Kunsthistorischen Instituts äußerst sorgfältig versteckt. Trotzdem schienen die beiden Gemälde nach dem Tode von Arno spurlos verschwunden zu sein. »Ich bin jetzt ohne Zweifel der alleinige Finder, auf dieses Recht bestehe ich ohne jegliche Einschränkung! Meiner Kenntnis nach hat niemand von dem Versteck gewusst. Aber wahrscheinlich sind doch Halunken und Spione, vielleicht frühere Stasi-Agenten, gefährliche und unbarmherzige Konkurrenten am Mord- und Diebeswerk, möglicherweise aus dem Institut. Ihnen, geschätzte Detektive, ist natürlich bekannt, dass Damen das Gift beim Morden präferieren. Mehr«, so der inzwischen heftig zitternde und des Sprechens kaum noch mächtige Schweizer, »werde ich hier nicht zu Protokoll geben.«

Nach diesem mit Vehemenz vorgetragenen Rundumverdacht und dem Genuss eines hastig hinuntergestürzten Glases Wassers verließ Tintenfass das Haus, begleitet vom vielstimmigen Fauchen der Katzenschaften und innerem Knurren der Herrschaften. Nach diesem Auftritt war das Spock-Silvester-Team sich einig, dass die Aufklärung des Falles eine echte Herausforderung darstellen würde. Aber was heißt »Ermitteln«? Was tut eigentlich ein Detektiv? Und wie sollte eine Detektivgeschichte geschrieben werden?

Der Krimi als schöne Kunst und Logik: Die 9 Silvester-Spock-Thesen

> »Die Sache mit den Gasthöfen kann relevant sein oder nicht.« Melrose Plant blies einen Rauchkringel. »Diese Feststellung, Inspektor, fasst wahrscheinlich eine Million Jahre philosophischen Denkens zusammen: ›Es kann relevant sein oder auch nicht.‹ «
>
> *Martha Grimes*
> *»Inspektor Jury schläft außer Haus«*

Die Überschrift war zwischen Kater und Professor kontrovers, das obige Resultat ein Kompromiss. Von seinem katzorianischen Standpunkt aus plädierte Mr. Spock für die Titel »Der virtuose Katzendetektiv und die Mausefalle oder Die kätzische Wurzel von der zureichenden Mäusejagd«, auch »Die Logik der Ermittlungen des Tatzers Murr« hätte dem Spitzohr zugesagt. Sein humanoider Hausgeselle votierte hingegen für »Phänomenologie des kriminologischen Geistes« oder »Kritik des reinen Detektivierens«. Zur Not wäre auch »Treatise on the Natur of Detection« akzeptabel gewesen. Die »9 Silvester-Spock-Thesen« – im angelsächsischen Raum: »Detective Story Novalogue« – waren von der Fachwelt als Sensation und Paradigmenwechsel aufgenommen worden. An diese Grundprinzipien der Detektivgeschichte knüpften sich häufige gelehrte Dispute zwischen Thüringer und Norweger an, die dabei oft in die Rollen von Rex Stouts Detektiv-Traumgespann Nero Wolfe und Archie Goodwin schlüpften:

Der beleibte wie beliebte Armchair-Detektiv Nero, der von seinem maßgeschneiderten bauchigen Lehnstuhl aus und mit unverzichtbarer Assistenz seines mobilen und gewitzten Archie den Übeltätern keine Chance ließ, war Silvesters und Spocks Polarstern am Himmel des Detektivismus. Obschon der Kater den Animal-Bestseller »Kater Emil und die Detektive« von Erich Kätzner bewunderte, so galten auch ihm der Dicke und sein Partner als das non plus ultra des Detektivromans. Nero Wolfe hatte zur Freude der beiden Jenaer auch ein Vorwort für die Erstpublikation der »9 Thesen« in der angesehenen Zeitschrift »The Hounds of the Baskervilles« verfasst.

Der heutige Detektivroman muss selbst theoretische Überlegungen zur Theorie dieser herausragenden literarischen Gattung enthalten, im Anschluss an die Gedanken der Begründer dieser Theorie wie Edgar Allan Poe, Gilbert Keith Chesterton, Willard Huntington Wright alias S. S. van Dine und Dorothy Sayers. *These 1* In der Verteidigung dieser Thesen vermag der Autor in voller und Vernunft getränkter Souveränität verfahren, ohne auf das »virtuose Gequake kaltgestellter Frösche« der Literaturwissenschaft zu achten, wie es ein philosophischer Großdenker an den malerischen Ufern des Silvaplaner Sees verkündigt hatte. Grau ist zwar alle Theorie, aber ohne sie verdorrt der goldne Baum des Lebens.

Mord ist keine Kunst, wohl aber die gelungene, wohltemperierte Detektivgeschichte des *Whodunit*, wer war der Täter, obwohl diese heute eine weitverbreitete Geringschätzung erfährt. *These 2* Der gute Detektivroman kann als vollkommen legitime, schwierig zu schreibende Kunstform gelten. Gelungene Beispiele sind viel seltener als übliche Romane, zweitklassige Muster, dauerhaft wie langweilige Denkmale in öffentlichen Parks. Abschreckende Beispiele haben wir im mittelmäßigen

Geschreibsel über nordeuropäische Brutalos oder venezianische Softies. Die Anerkennung der seriösen Autoren seitens der Kritiker geht gegen Null, berühmt und berüchtigt deren hochgezogenen Augenbrauen beim Anblick der christieesken Meisterwerke von Poe und Chesterton über Friedrich Glauser und Rex Stout bis zu P. D. James und Deborah Crombie, gefürchtet das Donnerwort des Mega-Kritikus Deich-Lakritzky: »Das ist doch keine Li-te-ra-tur!«

Ungeachtet dieser Verdikte hatte das Kriminalistische berühmte und renommierte Verehrer gefunden, bei den Zweibeinern etwa Aristoteles und Sophokles, Schiller, E. T. A. Hoffmann und Fontane, Bismarck, Lincoln und F. D. Roosevelt, Dürrenmatt und Borges. Der Verfasser dieser Geschichte entschloss sich während einer Wanderung in der »azurnen Einsamkeit« des Engadin-Dörfchens Sils Maria ebenfalls über solch Menschliches, Allzumenschliches zu schreiben, über die ›närrischen Kriegsspiele des Lebens‹. Ellenlang ist die Reihe der kätzischen Verehrer des Krimis: die Katzophen Arthur Pfotenhauer, Cat-Rand Russell, E. Felis Bloch und Ludwig Katzenstein, der Polit-Kater Perikles von der Akropolis alias Ouzo, der in Delhi streunende, sanftfriedliebende Cat-Mau Gandhi, der weisspfotige Kater Socks – Bill Clintons First Cat im Weißen Haus – und last not least, die sprichwörtlich gewordene, wieselflinke Beraterin eines früheren deutschen Bundeskanzlers, eine Siam namens ›Schmidts Katze‹.

Die moderne Zeit hat ihre Ilias und ihre Tragödie in der Detektivgeschichte, in der es um die poetische Entdeckung und Rekonstruktion von Untaten geht, *These 3* Ödipus kann als Urstoff Detektivischen gelten. Aristoteles' Poetik darf als die erste scharfsinnige Theorie der Detektivliteratur angesehen werden, als der beste Leitfaden für die Abfassung solcher Werke. »Jeder Schriftsteller, der eine Detektivgeschichte überhaupt zu einem Kunstwerk machen will, wird gut daran tun, sie so zu schreiben, dass Aristoteles sie gern und mit Beifall gelesen hätte.« Für diese These der englischen Crime-Queen Dorothy Sayers lieferte Hegel mit seiner Theorie der Handlung und des Unrechts das zweite Fundament und damit eine Grundlage für die Ästhetik des modernen Detektivromans, einer literarischen Gattung, die erst im 19. Jahrhundert das Licht der Welt erblickte.

Die moderne Gesellschaft als eine auf das Prinzip der Freiheit sich gründende Lebensgestaltung kann ihre Schatten nicht verleugnen oder gar abwerfen. Sonst gliche sie dem Streben des Peter Schlemihl, der seinen Schatten verkaufte, aber in seiner Schattenlosigkeit kein Glück gewann. Als unverzichtbares Moment der Freiheit waltet die Willkür, die Möglichkeit des Wählens des Vernünftigen oder des Unvernünftigen, die Unheilsgöttin Pandora öffnet ihren Schlund sehr weit, die düster-finstere Seite der Freiheit zeigend: Gedankenlosigkeit, Dummheit, Willkür und Verbrechen – die Gefahr des Zeugens der Ungeheuer bleibt allgegenwärtig. Als Quellen der Unvernunft sprudeln die dunklen Seiten des Tuns und der Intelligenz, sowohl im willkürlichen Entschluss wie in der Phantasie schlummern gerade auch die unbegrenzten Möglichkeiten des Unvernünftigen, des Bösen und der Zerstörung der Freiheit, der Quell des Tragischen in der heutigen Welt.

Das Verbrechen umfasst das weitgefächerte und vielfältige Spektrum modernen Lebens, besonders die »Augen der modernen Großstadt beginnen gefährlich wie die einer Katze zu leuchten« (G. K. Chesterton) und die modernen Spürnasen haben jetzt ihre bevorzugten Jagdreviere in den Megatowns der heutigen Welt: Holmes in London, Wolfe in New York, Marlowe in

Los Angeles, Maigret in Paris und Kater Emil in Berlin. Aber das literarische Morden lungert in allen Facetten, Sphären und Orten, die Untaten geschehen in den Revieren der unbarmherzigen Jagd nach Gewinn, Geld und Prestige, in Unternehmen und Institutionen, in Villen und winzigen Wohnungen, in Schulen und Museen, in obskuren Kaschemmen, in den Mauern von in Ehren ergrauter Universitäten, auf spinnwebigen Adelssitzen, in verträumt-schauerlichen Schlössern, in gottverlassenen Kirchen und Klöstern. Die kunterbunte Palette der nicht immer malerischen Tatorte reicht von den urbanen Riesen der Neuzeit, etwa dem unbuddhistisch lauten Tokyo, dem nicht mehr so nebligen London oder dem unter permanenter Verstopfung leidenden Sao Paulo, bis hin zum provinziell-ländlichen Ambiente, in John Barnabys Midsomer, in Jessica Fletschers Cabot Cove oder Miss Marples Dörfchen St. Mary Mead.

Die alltäglichsten Themen werden zum Gegenstand der Imagination und des Ausdrucks. Der künstlerischen Kreativität des modernen Autors steht der ganze Stoff des Kriminellen, alle Formen des Detektivischen, zur Formierung frei, die Tür zur unbegrenzten Vielfalt des Darstellens moderner Tragik wird geöffnet.

Das Detektivisieren, die Aufklärung eines Kriminalfalles, beinhaltet die Rekonstruktion einer unrechtlichen Handlung und die Identifikation des Akteurs, des Mörders oder der Mörder. Erzählt wird ein abgeschlossener und bislang unbekannter Vollzug eines Tuns, ante rem, die Rekonstruktion als Retrospektive, wie beim Retro-Schach, wo von einer erreichten komplexen Position aus der einzig richtige vorherige Verlauf der Partie wiederhergestellt werden soll. Mit Aristoteles geht es um das Entdecken, um die Frage, ob einer etwas getan hat oder nicht, ähnlich einer Enterprise-

These 4

Mission in das unentdeckte Land einer mörderischen Handlung. Das Detektivisieren gleicht so einer Entdeckungsreise ins Wissen, einer Investigation unrechtlichen Tuns, der Untersuchung von Vorsatz, Absicht, Zwecken, Umständen, Tatzeit und Tatort des Mordes. Die Verwandtschaft von Philosophieren und Kriminalisieren springt Katz und Mensch ins Auge, es geht um die Erlangung von Wissen und zwar *in via investigationis*: Skepsis im altgriechischem Sinne als Spähen, Suchen und Prüfen. Philosophen wie Detektive sind Suchende, Prüfende, Investigatoren, Aufklärer, sie erschließen große und kleine rätselhafte Stories, rekonstruieren Welt- und Kriminalgeschichte. *Whodunit?* Wer hat den Krug dieses Lebens zerbrochen?

These 5 Insofern es bei der Detektion um das Wissen von einer Tat geht, muss der Täter durch Prüfung von Tatbeständen und durch logische Schlussfolgerung ermittelt werden, keinesfalls durch Zufall oder durch ein unmotiviertes Geständnis, nicht durch Handlesen oder spiritistische Sitzungen. Als problematisch erscheint die Behauptung des Krimi-Realisten Raymond Chandler, dass der logisch abgeleitete Detektivroman mit einem kalt überlegenen Konstrukteur einer Handlung nicht gleichzeitig die Schilderung lebendiger Charaktere beherrschen könne. Dass die »grimmige Logik« damit durchaus vereinbar ist, belegen nicht zuletzt William von Baskerville, Richard Jury, Duncan Kincaid und Gemma James oder Thomas Lynley und Barbara Havers – die Protagonisten des Genres an der Wende vom 20. zum 21. Jahrhundert. Mit seinem Requiem auf den Kriminalroman will Friedrich Dürrenmatt auf den Wechsel des Fokus vom Verbrechen hin zum Ermittler als einem vielschichtigen und unverwechselbaren Charakter aufmerksam machen. Aber eine radikale Umsetzung dieser Umkehrung könnte ja vom

Leser als unerwünscht angesehen werden. Er könnte sein Geld zurückverlangen, denn er hat ja ein anderes literarisches Produkt erhalten, nicht das von ihm gewollte Format – das Rosinenbrötchen eines interessanten Charakters statt der verlangten Brezel der Aufklärung der Untat. Die Story sollten von beiden Seiten her gebacken werden.

Dürrenmatts Klage über die Abwesenheit des Zufalls trifft nur einseitig gestrickte Geschichten, keinesfalls den guten Detektivroman, dem das Zufällige inhärent bleibt. Schon der unnachahmliche Edgar Allan Poe hatte versucht, den Verstand mit der Imagination mit der Logik brüderlich zu vereinen, Stichwort: ratiocination. Ein Detektivroman darf auch niemals die Logik zugunsten einer oberflächlichen Spannung opfern (P. D. James). Gegen die Abgesänge auf die logische Detektion wie auch gegen die Todesanzeigen der Metaphysik, die vergeblich den Bankrott des Denkens zelebrieren, steht die hier skizzierte Apologie des philosophischen Detektivromans – Hoch leben das logische Denken und die kleinen grauen Zellen!

> Jeder, der versuchte, Poe zu kopieren, würde Fingerabdrücke hinterlassen, geistige Fingerabdrücke, seitenweise. Um wie Poe zu schreiben, musste man Poe sein.
>
> *Martha Grimes*
> *»Fremde Federn«*

Im Detektivroman muss es ganz einfach eine Leiche geben, und je toter, desto besser. Das Verbrechen muss *These 6* Ausdruck des radikal Bösen sein. Der Mord als Untat schlechthin, als monstrum horrendum verlangt vom Autor kriminell-morbide Phantasie und danteskes Schreiben direkt aus dem Inferno. Die Odyssee einer Ermittlung mit einer Antiklimax wie Unfall oder Selbstmord zu beenden, täuscht den verehrten und wohlwollenden Leser. Bei diesem muss wohlausgewogener Thrill, müssen Gänsehaut und Schrecken erzeugt werden, verpönt sind allerdings naturalistische Darstellungen von roher Brutalität. Die Story muss fesseln und der Unhold schließlich gefesselt werden.

Als Musterfall solch absoluten Schreckens kann Poes Erzählung »Der schwarze Kater« gelten, mit seinem Protagonisten Plato, einem rabenschwarzen Mäusejäger, einem ausnehmend schönen und klugen Tier, das Freundschaft mit seinem Hausherrn schließt. Letzterer gerät jedoch in die Teufelskrallen des Alkohols und versucht den Kater zu erhängen, schlägt schließlich seine Frau tot und mauert sie ein. Aber das markerschütternde Miauen des im Kellergrab mit eingeschlossenen Katers führt zur Entdeckung des grauenhaften Verbrechens, der Schrei des Katers steht als trefflicher Ausdruck des absoluten Schauders und Schreckens und als Symbol der Nemesis: So leicht lässt sich ein Kater und schon gar keiner namens Plato zum Schweigen bringen!

These 7 Der Autor eines Detektivromans muss zwei Geschichten erfinden, eine aus der normal-zentralperspektivischen Sicht, die andere als bewusste Verzerrung der Story, als ein Vexierpiel, worin der Verfasser den Fall vernebelt und den Leser vorsätzlich täuscht. Das »zweite Gesicht« wird nur unter einer ganz bestimmten Perspektive sichtbar. Spocks Held Leonardo hatte als einer der ersten mit dieser Doppelgesichtigkeit experimentiert. Der Romancier tritt als notorischer poetischer Verdunkler auf, der den wahren Verlauf der Handlung verschlüsselt. Das Erzählte tritt als Rätsel auf, dass der Leser aufzulösen hat – ein Spiel der Verzerrung und Entzerrung, der Codierung und Decodierung. Der Roman wird zu einem komplizierten, aber lösbaren Kryptogramm, der Verfasser zum Kryptographen, der unter permanentem Verdunklungsverdacht stehen muss. Der Autor mutiert zum Schwindler, er betreibt ein grandioses Hinters-Licht-Führen, er schafft ein raffiniertes Blendwerk. Er zelebriert laut Dorothy Sayers die Kunst der Täuschung: »Von Anfang bis zum Schluss des Buches muss der Leser genasführt werden, muss er der Lüge Glauben schenken, er muss alles und jedes glauben, nur nicht die Wahrheit.« Der geneigte Rezipient muss das Zerrbild entzerren, das Rätsel knacken, aber mit dem intellektuellen Vergnügen bei der Aufdeckung des Kerns des Pudels und der Demaskierung des Mörders. Aus der Nacht seines Nichtwissens vermag er in den Tag des Wissens zu gelangen, kann er hinter den Vorhang lugen, Licht ins Dunkel bringen.

Die Detektivstory gleicht, wie es der Namenspatron der Jenaer Universität nannte, einer »inneren geistigen Maskerade«, einer holmesschen Karnevaleske, einem crispinesken Maskenball, bei »dem nichts so ist, wie es ist, und bei dem das Spiel mit der Darstellung im Vordergrund steht« (G. K. Chesterton). Der Leser vermag mittels der Veränderung seiner Perspektive die verborgene Inschrift zu entschleiern, die gesetzten Irrlichter als solche zu entlarven, den Geheimtext zu entziffern, also durch Umkehrung der Umkehrung den Fall zu lösen, möglichst und hoffentlich schon vor der letzten Seite des Büchleins. Ähnlich dem Schach geht es um ein intellektuelles Spielen, um Denksport, um einen Wettkampf zwischen dem Verfasser und dem rätsellösenden Leser, um einen Wettstreit zwischen zwei vernünftig operierenden Personen mit ungefähr gleichen Chancen, dem die weißen Steine führenden Detektiv und dem die schwarzen Truppen befehligenden Amateurdetektiv namens Leser.

These 8 Der Täter darf keine nebensächliche Rolle in der Geschichte innehaben, er muss dem Leser vertraut sein, auch darf er kein Berufsverbrecher, kein dunkler Geheimbündler oder einfältiger Schlapphut-Geheimdienstler, kein Vertreter von Mafia oder Camorra sein, niemals ein Terrorist. Kein selbstbewusster, erstklassiger Mörder würde solche Verbindungen wünschen oder eingehen, der »schöne« Mord wäre unwiderruflich verdorben. Den verblüffenden und die meisten Leser in den April schickenden Extremfall des vertrauten Bösewichts schuf Agatha Christie in ihrem Roman Vorhang, mit dem als Täter sich entpuppenden Hercule Poirot. Im heutigen feuilletonistischen Zeitalter wird gegen das genannte Prinzip massiv verstoßen, geistlos-seichte Stümpereien überfluten die hohe Schule der Detektion, die Bestsellerlisten der Gazetten lobpreisen meist Polit-Thriller und Gewaltorgien wie saures Bier. Echte Detektivgeschichten mit investigativem Phantasiefeuerwerk erklimmen nur ganz selten die vorderen Ränge solch höchst dubioser Rankings – ein trauriges Indiz für den Untergang des Abend- und Katzenlandes.

> Auch die Kriminalistik hat, wie die Philosophie in der Universität von Oxford, ihre höheren Sphären, ihr Reich der reinen Spekulationen.
> *Michael Innes*
> *»Hasenjagd«*

These 9 Als Held, als die eigentlich originelle und poetische Figur dieser Textgattung, agiert ohne Zweifel der Detektiv, ob als Einzelkämpfer wie Arsene Dupin, Gervase Fen, John Appleby oder Albert Campion, ob im Gespann wie Holmes und Watson, Wolfe und Goowin, Thomas Lynley und Barbara Havers, Lewis und Hathaway oder gar zu Dritt wie Richard Jury, Alfred Wiggins und Melrose Plant. Die Team-Varianten eröffnen die Möglichkeiten der literarischen Form des lebendigen Dialogs, der Debatte verschiedener Blickwinkel, der wechselseitigen Anregung.

Der Detektiv gleicht einem modernen Odysseus, einem Fährtenleser, der in den Labyrinthen nach den roten Fäden sucht, er ist kombinatorischer Rechercheur, Entschlüsseler verdeckter Botschaften, eine Schleichkatze auf der Pirsch nach der Beute namens Mörder. Sein Schnüffeln bezieht sich stets auf die Rekonstruktion einer Mordtat. Ohne Fall und Jagdleidenschaft mutiert er – wie weiland Sherlock Holmes – zu einem uninteressanten, langweiligen und bloß depressiven Typ. Er ähnelt einem Schachgroßmeister, der sich in den Unhold als seinen Kontrahenten hineinzuversetzen vermag und diesen mit allen strategischen und taktischen Finessen des königlichen Spiels wie Herstellen von Dominanz, Konzentration der Kräfte, Raumgewinn, Flügelattacke, Doppelschach, Zugzwang oder Zwickmühle in höchste Bedrängnis bringt und ihn schließlich Matt setzt.

Als solche Spürnasen agieren Privatschnüffler und Hobbyaufklärer – *private eyes* – wie Arsene Dupin, Sherlock Holmes oder Philip Marlowe, Polizeikommissare wie John Appleby, Richard Alleyn oder Adam Dalgliesh, Lehnstuhl-Ermittler wie Nero Wolfe, Adlige wie der *whimsical man* Lord Peter Wimsey, amüsante Bohemiens á la Philo Vance, charmante Flaneurs, komische Käuze, ulkige Typen in der Provinz von der Art des im australischen Outback ermittelnden indigenen Kommissars Napoleon Bonaparte, komplizierte und zerrissene Persönlichkeiten wie Superintendent Lynley, eisenharte Kämpfer in den Dschungeln der Großstädte wie Sam Spade, Spinoza-Fans in New York wie Bernie

Rhodenbarr oder skurrile Intellektuelle im Oxbridge-Milieu wie Gervase Fen oder Laurenz Silvester.

Eine unverzichtbare Tugend der modernen Detektivgeschichte liegt in ihrem Humor, welcher in den Moritaten über den spleenig-skurrilen Wolfe und den liebenswert-eitlen Hercule Poirot oder über den scharfsinnig-ironischen William von Baskerville zum Ausdruck kommt. Die Palette reicht hier von den zum Schmunzeln anregenden Richard-Jury-Stories über Amy Myers lustigen Koch Auguste Didier bis hin zum krach-trockenen britischen Humors von John Barnaby. Es geht um eine lustige Art ernst zu sein, wie es Peter Ustinov, der klassische Darsteller des Poirot, anmerkte. Laut Spocks Gewährsmann Erich Kätzner dient der Humor als Regenschirm der Weisen, öffentlich zu preisen und zu praktizieren. Die hohe Schule liegt darin, dass Autor wie Detektiv sich selbst ironisieren können, über ihre eigenen Unzulänglichkeiten lachen können, dass der Autor so schreibt, dass er sich selbst amüsieren möchte: »To amuse myself«, darin besteht das Credo des modern-romantischen Detektivromans.

Das intellektuelle Superinstrument der Katzendetektive wie der Kater Murr und Emil besteht im Aufstellen der Mausefalle für die Mordbuben und -damen. Das Zuschnappen dieser Falle geht dann mit einem unübertrefflichen Geräusch einher, einer für die Samtpfoten wohlklingenden Katzenmusik – die Falle schnappt zu, Halunke gestellt, Fall famos gelöst.

Die Detektive wie Hercule Poirot und Lord Wimsey, wie Gervase Fen und Adam Dalgliesh, wie Nero und Archie, wie Spock und Silvester glänzen als die unumstrittenen Sterne am Firmament des Romans. Aber im Mittelpunkt des poetischen Kosmos steht die Lösung des Kriminalfalls – darin haben wir die Fundamentalprinzipien von Aristo-Cat Spock und Denk-Aristokrat

Silvester. Die Welt der Detektivgeschichte, das Universum des Detektivischen muss ohne Zweifel als die spannendste aller Katzen- und Menschenwelten angesehen werden!

15. Juli

Bella Donna und Schierling

Die schöne Frau und Marcel Duchamp

𝒟ie Nachtruhe im Hause Baker Street beendete kein krähender gallischer Hahn, auch kein in China hergestellter Wecker; Mr. Spock schockte um 7.00 Uhr alle Gäste mit einem unüberhörbarem Weckruf und scheuchte sie abrupt aus den Federn. Aus der kräftigen Sound-Anlage tönten die ohrenbetäubenden Klänge des außerirdischen Katzen-Oldies »Cat sunrising«. Allen wurde sofort klar: Wir müssen recht express weiter kriminalisieren! Aus Spocks Katerschnäuzchen erschallte der Enterprise-Schlachtruf: »Scottie, Energie und Wharp-Geschwindigkeit!«

Nach Morgentoilette und Katzenwäsche, nach kontinentalem Frühstück und Leckereien für die Naschkatzen mit norwegischen Lachshäppchen und frischem Rindfleisch, begann 8.30 Uhr die erste Arbeitssitzung in der Detektei. Die Tagesaufgaben wurden festgelegt und den Akteuren zugeordnet: Uncle Abe würde mit Hilfe des CSI-Supercomputers *Socks* eine Expertise zum Toxikum Belladonna erstellen. Cyrus sollte in den Scotland Yard-Datenbanken und Poirot in den vatikatzischen Archiven über Kunstdiebstähle, Raubkunst sowie verschwundene Meisterwerke der Malerei recherchieren, Madame Boerne in ihrem gerichtsmedizinischen Institut heimlich an Professor Sägebrechts Obduktion von Arno teilnehmen, Mr. Spock die Suche nach den verschwundenen Bildern aufnehmen und eine schleichende Inspektion des Landnerschen Dienstzimmers vornehmen. Neverkühn wurde mit der eingehenden Prüfung der Aussagen sowie der exakten Dokumentation des Tathergangs, insbesondere des genauen Zeitablaufs beauftragt. Nostaw sollte weitere Gespräche mit den Klausurteilnehmern führen. Silvester wurde selbstverständlich mit der Leitung der gesamten Untersuchung betraut, zum fährtensuchenden Oberindianer ernannt, wie Uncle Abe spöttisch kommentierte. Er – Abe – erlernte seine detektivischen Jagdfähigkeiten bei den Stämmen der Mohikaner und Dakotas von der Pike auf, einer seiner Urahnen diente beim Namenspatron von Seattle, dem Cat-Chief Sealth, als hochangesehener Fährtenleser. Silvester würde nach eigenem Bekunden ähnlich wie Nero Wolfe ermitteln, zwar nicht vom Lehnstuhl, aber von seinem Lehrstuhl aus.

Da Monet alle seine Institutsangehörigen ab 10 Uhr ins Niethammer-Haus einbestellt hatte, so seine von ihm so geschätzte Bürokraten-Terminologie, eilte Nostaw sofort auf den Uni-Campus, wo auch die Geiger-Truppe schon zugange war. Zuerst bat der Schotte seine Vertrauten Clair Plant und Frank Schlechter zum Gespräch, was jedoch kaum Neues erbrachte. Bekräftigt wurde nur der Eindruck, dass Arno während des Klausurtages höchstgradig nervös erschien, unter Tausenden von Volt stand und sich gegenüber anderen Beteiligten auftrumpfend und aggressiv verhielt. Der von Tintenfass mitgeteilte Jahrhundertfund könnte durchaus die Ursache gewesen sein. Die Sekretärin berichtete über eine heftige verbale Auseinandersetzung zwischen Monet und Tintenfass im Direktorenzimmer, etwa gegen 10.20 Uhr. Leider verstand sie nur ungenaue Bruchstücke, Monet habe etwas ähnliches wie »einen Bären aufbinden« geschrien und über Spitzbuben und Bauern geflucht, daraufhin hätte Tintenfass die Szene wutentbrannt verlassen. Es gelang dem Schotten auch, dem Trojaner Professor Kliemann etwas aus der Nase zu ziehen und zwar über die Konkurrenz zweier Millionen-Projekte aus dem Institut bei der Katzenheim-Stiftung New York, Monetti contra Kliemann. Sicher könnte sich höchstens eines dieser Vorhaben Chancen zur Förderung ausrechnen, das von Monet oder das seinige. Natürlich sei dies kein ganz klares Mordmotiv, obschon für viel weniger getötet wurde. Mit der Archivratte Arno, so der Trojaner, war jetzt die entscheidende Figur des Monet-Clans aus dem Spiel. Tintenfass und Anja Fürstlein traf Nostaw nicht an, beide waren so gegen 12.30 Uhr nicht in ihren Dienstzimmern, auch ein zweites Klopfen gegen 13.30 Uhr war ohne Erfolg.

In der um 16.00 Uhr begonnenen Zusammenkunft schnurrte CSI-Kater Uncle Abe als erster per Video Angaben über Bella Donna, das für Katzen wie Menschen tödliche Gift. »Nein, es sei keine fincione di poetica«, wie der fließend italienisch sprechende Wissenschaftler aus Boston betonte, »sondern ein real existierendes Toxikum, ein in Katzen- wie Menschenkreisen probates Mittel zur Ausschaltung von Konkurrenten und Feinden. Seinen Namen hat das Todes-Kraut wohl vom Italiener Pietro Andrea Mattioli, von dem eine der ersten Beschreibungen solcher Vergiftungsfälle überliefert ist und der wahrscheinlich damit eine von ihm begehrte Bella Donna, die ihm einen Korb gab, ins Jenseits geschickt hatte. In dieser grauen Vorzeit, gab es noch kein CSI, ergo keine Aufklärung der heimtückischen Untat. Die bekannte Hildekatz von Bingen hielt die Pflanze für eine Kralle des Teufels, als Teufelskraut oder Tollwurz fand das Gewächs so seinen Weg in die Hexenbücher. Biologisch handelt es sich um die schwarze Tollkirsche *Atropa belladonna* aus der Familie der Nachtschattengewächse, »Atropo« nach der griechischen Schicksalsgöttin Atropos, die alle Lebensfäden unabwendbar (a tropos) durchtrennt. Das Teufelszeug enthält Hyoscyamin, Scopolamin, Apoatropin, Belladonin und Scopoletin und hat parasympathische, lähmende Wirkung auf das zentrale Nervensystem. Bei höherer Dosis von etwa 10 mg kann – ohne Gegengift – ein schneller Exitus eintreten. »Verdammtes Kraut«, rief Abe drohend, »Vai al diavolo, go to hell, geh zur Hölle!«

Die Intoxikation von Arnos Körper mit Belladonna wurde durch die Obduktion belegt, an der Madame Boerne unbemerkt teilnahm. Andere Ursachen schloss der indignierte Professor Sägebrecht aus, er hatte nicht gerne Kollegen auf seinem Tisch liegen. Nur an einem der Weingläser konnte das Toxikum nachgewiesen werden.

Zur Herkunft der beiden Gemälde teilten Cyrus und der Katzenkardinal mit, dass es zunächst keinen konkreten Hinweis auf das Cranach-Werk gebe, auch könne nach Konsultationen mit den Schachexperten Silvester und Schlechter festgehalten werden, dass ein solcher Duchamp nicht bekannt sei. Aber es gibt Indizien für die mögliche Existenz des Gemäldes. Ohne Wenn und Aber schienen weitere Ermittlungen erforderlich. 1931 hatte der französische Gründer der Concept Art auf seiner Reise zur Schacholympiade in Prag, – er gehörte zum Tricolore-Team –, eine Zwischenstation in Jena eingelegt. Vom Kunst- und Schachverein der Saalestadt sowie von der Jean-Paul-Universität lag eine Einladung an ihn vor, um die von seinem Landsmann Auguste Rodin der Universität geschenkte Minerva und das monumentale Hodler-Wandgemälde in der Aula in Augenschein zu nehmen. Auch stand eine Schachpartie mit dem ersten deutschen Schachweltmeister, dem Erlanger Philosophen Emanuel Lasker, auf dem Programm. Zu diesem im Jenaer Volkshaus anberaumten und von der Ernst-Abbe-Stiftung geförderten Kampf zweier Giganten des königlichen Spiels war ein illustres Völkchen erschienen: Es kiebitzten die Farbzauberer Emil Nolde, Max Ernst und Otto Dix; sein Bauvorhaben unterbrechend, kam Henry van der Velde aus Hannover herüber, zusammen mit seinem belgischen Landsmann Rene Magritte. Dazu gesellten sich Elisabeth Förster-Nietzsche aus Weimar, der Philosoph Ludwig Wittgenstein, der Rechtsgelehrte und Thüringische Justizminister a. D. Karl Korsch, der amtierende Schachweltmeister und Spitzenspieler Frankreichs Alexander Aljechin sowie der Dichter Thomas von der Trave, der seinen Besuch später in seiner berühmten Novelle Königsgambit verewigte. Nachdem die Vorsitzenden des Kunst- und des Schachvereins Friedegund Natter und Günthard Richter den Startschuss gegeben hatten, entspann sich ein harter Fight der Großmeister, der nach einer kaum erklärbaren Unaufmerksamkeit von Lasker mit dem legendären Duchamp-Coup endete, einem Sieg des Künstlers, der in die Schachhistorie einging. Sollte das Gemälde des Franzosen auftauchen, wäre dies auch eine Super-Sensation für die Kunstgeschichte. Man sollte, so Kunstpapst Himmelsstern-Poirot, bei dem das Rotkäppchen unübersehbar zitterte, beten, die Ungläubigen seien aufgerufen, alle möglichen Daumen für das Auffinden der Gemälde zu drücken! »Gott-Kater, sei uns gnädig!«

Der auf Superintendent Racers Schreibtisch thronende Kartäuser Cyrus wollte gerade mit seiner Schilderung der Dateisuche bei Scotland Yard und Inter-Katzen-Pol anheben, da meldete sich das Mobiltelefon von Silvester, mit dem Anfang der Arie »La Donna e mobile«. Der hartgesottene Hegelianer liebte diese Doppelung, das Mobile sang mobile. Geiger posaunte unvermittelt heraus, dass Tintenfass durch ein Tintenfass zu Tode gekommen sei. Ob dieses Selbstverhältnisses verschlug es dem eloquenten Professore nun doch die Sprache und es entfuhr ihm nur ein einziges Wörtchen: »Doppelmord!«

Tintenfass tötet Tintenfass

In die Detektei war zunächst Sprachlosigkeit eingekehrt. Als erster fand der gutgenährte Katzenkardinal Poirot wieder zu Worten – die Wege des Katzenherrn seien unergründlich und die Handlungen seiner Geschöpfe kaum oder nur schwer erforschlich. Der Enterprise-Logiker Mr. Spock hätte stets unerschrocken die Suche in den unendlichen Weiten des Weltalls aufgenommen, wohin noch nie ein Irdischer vorgedrungen sei – so aufmunternd der norwegische Namensvetter. Neverkühn bat um einen Grappa Cogito, Nostaw um einen schottischen Whiskey, am besten einen superben Macduff. Ganz langsam stellte sich bei den Schnüfflern wieder die für die Fährtensuche erforderliche Seelenruhe ein. Geiger musste wieder ins Haus gebeten werden, inzwischen konnte der jäh unterbrochene Berichterstatter aus London fortfahren. Im zweiten Anlauf vermochte Cyrus zwar keine konkreten Hinweise auf die Prachtstücke der Malens zu liefern, aber eine Notiz über einen jüdischen Sammler in Freiburg im Breisgau, der wohl Anfang der 30er Jahre einen Duchamp erworben hatte, – dann verlor sich die Spur.

Auch Mr. Spock kehrte von seinen Erschleichungen des Tatortes mit leeren Krallen zurück: Keine Hinweise zu den verschwundenen Meisterwerken. Mit aller Akkuratesse hatte Neverkühn den exakten Ablauf der Ereignisse des 14. Juli tabellarisch aufbereitet und sprach von seiner Fall-Komposition, der jedoch der ultimative Paukenschlag fehlte. Viel war auf der bisherigen Jagd nicht zur Strecke gebracht worden, das konnte Silvester trotz seines optimistischen Resümees nicht aus der Welt reden. Das Detektivisieren verlangte einen ganz langen Atem, zumal jetzt sich ein zweiter Mordfall dazugesellt hatte. Das musikalische Finale der Todessinfonie, das Halali zum Abschluss der Jagd, war wohl weit entfernt.

Sokrates lässt grüßen

Mit Glockenschlag 20.00 Uhr begann Geiger in vertrauter Oberlehrer-Attitüde seinen zweiten Bericht im Hause Baker Street: »Gegen 16.00 Uhr fand Aufdenblattens Frau Irena ihren Mann leblos in seinem Büro. Sie hatte vergeblich versucht, ihn telefonisch zu erreichen. Er sollte ab 16.30 Uhr vereinbarungsgemäß das Babysitting übernehmen, da sie Dienst hatte. Der von Irena sofort verständigte ärztliche Notdienst stellte den Tod fest. Gegen 16.20 Uhr erschien der Leiter der Ermittlung, meine Wenigkeit, am Tatort, noch lieber wäre ich allerdings im TV-Klassiker »Tatort« aufgetreten, kleiner Scherz am Rande. Das als Karaffe nutzbare Tintenfass verströmte einen leichten Mäusegeruch.« An dieser Stelle rief die versammelte und mit solchen Düften vertraute Katzenschaft sofort unisono: »Schierling!« und stahl damit Geiger die Pointe. Doch der Commisario holte zum Gegenschlag aus, zog wie mit Zauberhändchen aus einer Tasche, die unverdrossen das Label »Made in GDR« trug, das Corpus delicti, das Tintenfass als Tatwerkzeug hervor. Eine Weinflasche war nicht gefunden worden. Der durch intensives Schnüffeln gestützte Befund der Weinspürnasen Silvester und Poirot lautete: merkwürdig schnuppernder Grignolino, ein piemontesicher Rotwein, zu dessen Herstellung man auch die zerstampften Traubenkörner verwendet. Dieser Tropfen gewinnt so eine eigene Note und könnte den Mäusegeruch weitgehend verdeckt haben. Mr. Spock identifizierte klar das leichte Schnuppern nach Maus. Neverkühn fasste in der unnachahmlichen Art eines alten Raben zusammen: »Sokrates lässt grüßen! Das Tintenfass als Schierlingsbecher!«

»Biologisch gesehen«, so der Staranalyst Abe jenseits des Atlantik, »hat das im Gefleckten Schierling, auch Wüterich genannt, enthaltene Coniin schon in geringen Dosen von etwa 1 Gramm neurotoxische und tödliche Wirkung. Da es sich gut in Alkohol löst, kann es als die Mordwaffe angesehen werden, weil das Getränk den starken Mäusegeruch, den ich selbst natürlich mag, überdeckt. Der Wüterich hatte gewütet.«

»Nach Einschätzung des Arztes«, so Geiger weinkritisch, »trat der Tod zwischen 12.00 und 13.00 Uhr ein.Wiederum war der von Ihnen, lieber Weinbergbesitzer Silvester, so geschätzte Rote kein Göttertrank, sondern die Flüssigkeit, die den Tod brachte.«

»Hm, lieber Lett, Bacchus liegt es aber vollkommen fern, als Todesengel zu gelten. Nicht der Wein war das Toxikum, sondern der Sokrates-Killer! Die dionysischen Mysterien vom Essen des Brotes und des Trinkens des Weines repräsentieren die symbolische Vernichtung des Endlichen, beinhalten einen ›bacchantischen Taumel‹, keinesfalls die bacchanalische Himmel- oder Höllenfahrt. Gab es denn Auskünfte über die Trinkgewohnheiten des Opfers?«

»Ja, danach musste in diesem Falle natürlich gefragt werden: Laut Lola und dem Direktor hat sich Aufdenblatten öfters ein Schlückchen Wein gegönnt, eben aus seinem ›Tintenfass‹, in welchem er ebenfalls ein süßes

Doping für Ermüdungsphasen parat hatte. Allerdings wusste Dr. Schlechter von Irena, seiner Ex-Freundin und Ehefrau des Schweizers, von dessen überhöhten Blutzuckerwerten. Während eines Trojanischen Gartenfestes ohne den ›Monet-Clan‹ munkelte man ebenfalls darüber. Aber dem roten Wein habe Tintenfass gleichwohl gerne zugesprochen. Nun jedenfalls, lieber Silvester, lag im Wein zweimal nicht die Wahrheit, sondern der Tod.«

»Nochmals, lieber Lett, nicht der Wein, die Tränen Gottes, sind anzuklagen, nur die sokratischen Ingredienzien, die Tränen des Teufels. Aber wie ich hörte, ziehen Sie dem Göttertrank des piemontesischen roten Weines, all den himmlischen Nebbiolos, Barolos oder Barberas die grüne Götterspeise eines Wackelpuddings vor!«

»Ach, Professore, Sie alter Spötter und Ironiker, dabei höre ich immer, dass Sie ein scharfer Kritiker des Ironischen sind! Aber Ironie beiseite: Die mit Fingerabdrücken versehene Tintenfaßkaraffe war ein Geschenk von Nostaw zur Habilitation von Aufdenblatten. Die nicht gefundene Flasche Grignolino stammte vermutlich von Professor Kliemann, der solchen Wein dem Opfer geschenkt hatte. Die englische Gastprofessorin Clair Plant verglich beide Gaben mit dem von den Athenern Troja zugedachtem Holzpferd und amüsierte sich in zynischer Weise über die perfide Nutzung des Tintenfasses wider das Tintenfass. Werde sie näher befragen müssen. Am Vortag hatte ich Abdrücke von den Händen aller Klausurteilnehmer genommen. Am Ort der Mordtat konnten Fingerprints von Professor Monetti, Frank Schlechter, Anja Fürstlein und Lola Bauerfreund sichergestellt werden. Keiner der Genannten verfügt über ein tragfähiges Alibi, so gibt es den gleichen Verdächtigenkreis wie am Vortag, Tintenfass natürlich ausgenommen. Suizid scheint ausgeschlossen. Mittels des im Sekretariat leicht zugänglichen Generalschlüssels könnten sich alle Verdachtspersonen Zugang zum Tatort verschafft haben. Meine strengen Vernehmungen brachten herzlich wenig, eigentlich nur einen einzigen wichtigen Fingerzeig. Da aber zumeist Frauen Giftmorde verüben, verweist alles auf eine Täterin: Clair Plant, Lola Bauerfreund oder Anja Fürstlein.«

Damit war Geiger mitten im Fettnäpfchen gelandet. Scharf fauchend protestierte die forensische Katzendame Madame Boerne ob der Voreingenommenheit des Kommissars, ob seiner sexistischen und frauenfeindlichen Vorurteile. All die Genannten seien bis hierher gleich verdächtig, nicht nur die Damen. Geiger entschuldigte sich darauf in aller Form.

Jetzt war es aber höchste Eisenbahn für die an Geiger zu richtende Beichte von Silvester über die Tintenfass-Visite vom Vorabend, über das von der Baker-Street-Detektei angefertigte Dossier über die Klausurteilnehmer und über die Resultate des bisherigen Schnüffelns. Geiger murmelte etwas von illegaler Zurückhaltung von Beweisen und sachdienlichen Hinweisen, aber er kenne ja die Detektiv-Mischpoke, die Privatnasen vom Amateur-FBI und ihr hinterhältiges Vorgehen und forderte, jetzt endlich alle Karten ohne Einschränkung auf den Tisch zu legen. Neben der spektakulären Gemäldefund-Story war der Kommissar besonders gierig auf die Informationen über die heftige Auseinandersetzung zwischen Monetti und Aufdenblatten an diesem Vormittag, kurz vor dem Tode des Eidgenossen. Vielleicht sei doch Monetti der zweite Täter, so knurrte er, aber der Lehrstuhlinhaber killt doch nicht sein bestes Pferd im Stall. Man bat den Polizisten auch hier Schnellschüsse zu vermeiden und voreilige Schuldzuschreibungen zu unterlassen. Die Polizei und das Detektivteam sollten romantische Reisen ins Blaue á la Ludwig Tieck unterlassen, sondern gemeinsam am berühmten Aristophanischen Strang ziehen, damit sich langsam der Strang um den Hals des Unholdes zuziehe.

Diese indirekte Kritik Silvesters am fabelhaften Schöpfer der Moritat vom gestiefelten Kater konnte Spock so nicht akzeptieren. Seine Schlangenaugen weit öffnend, fragte er Geiger nach dem erwähnten einzigen wichtigen Fingerzeig, denn darüber habe der Commissario noch kein Wort verloren. Daraufhin präsentierte Geiger die Kopie einer handschriftlichen Nachricht, die mit Sicherheit von Arno stammt – mit folgendem Wortlaut:

Falls mir etwas zustößt: Sensationsfund L. C. u. M. D (RK; RT) – V. im DG

Arno Landner

»Professor Monetti offerierte mir dieses nebelhafte Papier, das Arno wohl dem Direktor per Brief zukommen ließ. Laut Auskunft von Monet hatte sein Assistent Arno Landner ihm kurz die beiden Gemälde beschrieben – Cranachs Gespräch zwischen Luther und Papst sowie Duchamps Schachpartie, beide mit Bezug zu Jenaer Schauplätzen: Hotel ›Schwarzer Bär‹ und Volkshaus. Für die kommende Woche sollte eine Pressekonferenz anberaumt werden, auf der Monetti und Landner die Öffentlichkeit über diese Weltsensation unterrichten wollten. Der Direktor informierte Aufdenblatten darüber. Dieser habe jedoch einen eigenen Anspruch auf die Funde angemeldet, was zum lautstarken verbalen Schlagabtausch geführt hatte. Vorher war Professor Kliemann von Monetti offiziell in Kenntnis gesetzt worden, auch um seinen Anspruch auf Arnos Nachricht und die Fundsache zu zementieren. Kliemann gab zu Protokoll, dass er den Direktor darauf hingewiesen habe, dass Arno Landner mit ihm, Kliemann, die Neuheiten präsentieren und mit ihm den Antrag stellen wollte, woraufhin Monetti ohne Kommentar das Gespräch beendete. Leider sind die beiden Meisterwerke nicht auffindbar, vielleicht hatte Tintenfass doch von Arno Kenntnis über das Versteck erhalten und war wegen dieses Wissens getötet worden. Monetti forderte zum Abschluss ein unverzügliches Vorgehen der zuständigen Behörden. Er erklärte sich zum einzig rechtmäßigen Vollstrecker des Vermächtnisses seines begabten Mitarbeiters. Arno habe unter seiner Führung die Archive durchstöbert und er lasse sich jetzt nicht um die Früchte seiner langjährigen Arbeit bringen.« Nach diesem zweiten Rapport verließ Geiger-Ledstrade das Haus Baker Street und ließ die vereinigten Amateurschnüffler recht ratlos zurück.

Mit lautem Miauen klagte Cyrus nun britische Coolness und Geduld ein, damit kralle man solche Typen wie seinen Intimfeind, Chiefinspektor Racer. »Mit Speck und Ruhe fängt man Mäuse. Wir werden mit geduldigem Vorgehen dem roten Faden schon auf die Spur kommen.« »Ja«, rief Abe, »den Hering in unsere Pfoten! Den Schurken bekommen wir schon zu krallen!«

Der Rabe aus Kaisersaschern meldete an dieser Stelle gewaltigen Durst an: »Aber bitte keinen Grignolino, her mit einem köstlichen Barolo als Betthupferl! Lieber Amateurwinzer Laurenz, öffne deinen Weinkeller!«

Die Samtpfoten Poirot, Madame Boerne und Mr. Spock schleckten genüsslich das italienische Spezialgetränk Bosco mit Waldmeistergeschmack. Der weise wie weiße katholistische Perser-Kardinal sprach dann das letzte Wort zum Tage: »In bocca al lupo! Und der Wolf soll daran verrecken! Amen! All ihr Ungläubigen!«

16. Juli

Die drei Perlen der Malkunst

Cats of London

Schon im Morgengrauen meldete sich der sorgfältig seine Pfoten putzende Cyrus via Skype bei Spock, der wie immer vom kupferfarbenen Bürolöwen, der auf Superintendent Racers Ledersessel residierte, tief beeindruckt war. Wie Martha Grimes sinnierte der Norweger: Die London Metropolitan Police liege in den besten Pfoten. Dann sonnte sich Cyrus in seiner königlichen Pracht auf Racers Schreibtisch, den Schwanz elegant um die Pfoten geschlungen. Jetzt konnte Mr. Spock einen Schimmer von Neid auf seinen britischen Freund nicht ganz verbergen. Er träumte von Cyrus' Herzdame, der Siam-Schönheit Lady Di, von Cyrus' zweibeinigen Schwarm Carole Anne Palutski, deren Herzschlag auch Spock gerne mal ganz hautnah vernommen hätte.

Die von Cyrus übermittelte Neuigkeit beendete solche Tagträumereien schlagartig. Nach weiteren intensiven Nachforschungen und Konsultationen mit zwei der bestinformiertesten und großohrigsten Cats of London, Pickles, dem diensthabenden Kater im Tower und Tiger, der grauen Eminenz der Times, gab es tatsächlich aufregende News von der Insel. Die Raubkunstspur bekam fieberhohe Temperatur, wurde vulkanisch heiß: Den Freiburger Kunstsammler Ariel Katzman hatten die Nazis 1937 ins KZ Dachau deportiert und dort später ermordet. Seine Sammlung rissen sich SS-Größen unter die Nägel. Dazu zählte auch ein Vertrauter des thüringischen Gauleiters. Auf diesem mordgepflasterten Wege könnte durchaus ein Teil aus der Katzman-Sammlung in Jena gelandet sein.

Laut schurrend bedankte sich Mr. Spock und beschloss, nochmals nach Arnos Unterlagen Ausschau zu halten. Nähere Hinweise zu dieser Raubkunstgeschichte erschienen ihm als äußerst hilfreich. Auch war es denkbar, dass Arnos Mörder oder andere Personen solche Dokumente schon in der Pfote hielten.

»Träumst du, lieber Spock, schon wieder von Maledetta Primavera, Carol Anne oder Clair«, tönte es aus London. Spock schreckte auf, stürzte vom Sofarand und bat den Scotland Yard-Leu um Nachsicht, der Doppelmord sei eine echte Herausforderung. Jedenfalls habe sich Cyrus ein Riesenlob und einen fetten Happen verdient. Gegen 10.00 Uhr sollte er per Videoschaltung an der Anhörung der sieben Verdächtigen teilhaben.

»Nur fünf« konterte Cyrus und zeigte seine Reißzähne, Clair und Nostaw schließe er prinzipiell aus, die kommen von der Insel, so die von Spock nicht ganz nachvollziehbare nicht-kontinentale, britische Cyrus-Logik.

Da der Norweger in Sachen Weckruf diesmal Gnade walten ließ und das vier- und zweibeinige Morgengrauen vermied, setzten erst um 8.00 Uhr über Hausfunk sanfte Melodien ein. So konnte der 16. Juli in entspannter Atmosphäre starten. Auch Spock gönnte sich noch ein stressfreies Palaver mit Kumpel Sokrates unter den wunderbar schnuppernden Himbeersträuchern, ohne den treuen Freund mit dem Schierlingstod zu konfrontieren. Es war leopardische Kraft für einen sicher wieder anstrengenden Tag zu tanken.

Nachdem die von ihm geladenen sieben Verdächtigen eingetroffen waren, betonte Geiger die Nützlichkeit dieser individuellen Befragungen. »Professor Silvester brauche ich wohl nicht vorzustellen. Anwesend weiterhin meine Hilfssheriffs: der Komponist und Hobby-Schnüffler Adrian Neverkühn, die samtpfotigen Teufelskrallen Mr. Spock, Madame Post Mortem aus der Gerichtsmedizin und seine Eminenz Kardinal Himmelsstern genannt Poirot sowie über Videoschaltung der geballte angelsächsische Katzensachverstand mit Cyrus und Uncle Abe von Scotland Yard und CSI.«

Aus Neverkühns Protokollnotizen ergaben sich neue Erkenntnisse: Professor Monetti protestierte zuerst schärfstens und in aller Form gegen jegliche Verdächtigung seine Person betreffend. Er stehe unter erheblichem öffentlichen Druck, der Rektor habe ihn bereits mehrfach angerufen und ihn heute zum Gespräch gebeten. Schließlich habe er seine beiden Mitarbeiter und vielleicht die beiden Edelsteine der Malerei verloren. Inzwischen habe er das in Boston ansässige Anwaltsbüro Perry Mason/Danny Crane/William Shatner eingeschaltet und mit seiner rechtlichen Vertretung beauftragt. Seine jetzigen Einlassungen dürften nicht publik gemacht und auch in keinster Weise gegen ihn verwendet werden. Sein hieb- und stichfestes Alibi im Mordkasus Arno Landner würde durch Hauptkommissar Lett nachdrücklich bestätigt. Gestern zwischen 11.00 und 13.00 Uhr tätigte er in seinem Büro gewichtige Amtsgeschäfte und wehrte mit aller Vehemenz die Attacken der Presse-Papparazzi erfolgreich ab. Lola habe sich im Vorzimmer aufgehalten, allerdings nicht ständig, so dass er kein durchgängiges Alibi vorweisen könne. Mit seinem Mitarbeiter Aufdenblatten habe er öfters ein Gläschen Wein genommen, da könnten sich durchaus Fingerspuren von ihm an Gläsern finden.

Zum lautstarken Streit mit Tintenfass wäre nichts hinzuzufügen, das vermessenes und unverschämtes Ansinnen von Aufdenblatten als einer der legitimen Finder der beiden Gemälde gelten zu wollen, wäre von ihm mit aller Deutlichkeit zurückgewiesen worden. Der Anspruch auf die Funde stehe jetzt nach dem Tode von Arno einzig und allein ihm zu. Vermutlich hatte Tintenfass Landner nachspioniert und vielleicht auch die Bilder an sich gebracht, möglicherweise der Grund für den Mord. Als Direktor des Institutes sei er nicht befugt, hier irgendein Papier zu unterzeichnen und werde den Rektor darüber direkt in Kenntnis setzen. Der Imageschaden für das Institut müsse unbedingt minimiert werden.

Professor Heinrich Kliemann betonte zunächst, dass man Tintenfass keine Träne nachweinen würde, das Aufspüren der Gemälde sei ohne Zweifel Arno zuzuschreiben, der vor zwei Tagen seinen Einstieg in Kliemanns Projekt zusagte. Deswegen könne er beanspruchen, die Funde in seinen Forschungsantrag zu integrieren. Monetti werde ja jetzt gezwungenermaßen sein Vorhaben zurückziehen, als ein General ohne Truppen. Ein Alibi habe er und benötige er nicht, so Monets Konkurrent. Die Flasche Grignolino stamme von ihm, gewissermaßen ein von einem Trojaner stammendes Danaer-Geschenk zur Habilitation von Tintenfass. Ein billiges Gesöff, das dem Schweizer angemessene Getränk, nur zu verfeinern durch den Zusatz von Schierling. Damit sich der Choleriker nicht voll in Rage reden und Geiger zum Klicken der Handschellen veranlassen konnte, unterbrach ihn Silvester höflich und dankte ihm für seine Kooperation.

Professor Gideon Nostaw verfügte ebenfalls über kein vollständiges Alibi – zeitweise hatte Scottie Watson in der Bibliothek gearbeitet, Gespräch mit einem Studenten über dessen Hausarbeit, Mittagspause und dann Telefonat mit seinem Edinburgher Freund, dem Schriftsteller Walter R. Scott. Selbstredend müsse er unter der Perspektive moderner Kriminologik als Verdächtiger gelten. Beide Opfer hatten ihn jahrelang aus hier nicht zu nennenden Gründen gedemütigt und erpresst, das genüge voll und ganz für ein ausreichendes Motiv. Außerdem löste sein Geschenk an das Opfer, die Tintenfaßkaraffe, den bizarr-selbstreferentiellen Fall aus – Tintenfass tötet Tintenfass.

Die ganz in Schwarz gewandete und auch darin zum Anbeißen aussehende Gastprofessorin Claire Plant saß während des Tatzeitraums über einem Aufsatz zur englischen Landschaftsmalerei bei Gainsborough und Constable – no alibi. Obschon sie in keiner Weise dem christlichen Glauben anhänge – nevermore –, hoffe sie inständig, dass Arno und speziell Tintenfass ewig in der Hölle schmoren mögen. Sie seien die Vergifter des Institutsklimas gewesen und verdienten es, vergiftet zu werden – basta! Geiger sollte doch bittschön auf doppelten Suizid erkennen, statt sich in Sackgassen zu verlieren oder zu verirren. Falls es in diesem Pseudo-Shakespeareschen-Drama doch einen Mörder gäbe, so wäre es doch kein Täter, sondern eher ein Wohl-Täter, fügte sie mit all dem ihr zu Gebote stehenden Sarkasmus hinzu.

Silvester hakte vorsichtig nach: »Warum, liebe Clair, so much heavy metal? Warum so diamantharter Tobak?«

Nach langem Schweigen und Zögern kam eine zutiefst erschreckende Antwort: Arno und Tintenfass hätten sie mehrfach auf billigste und obszönste Weise angemacht. Der Schweizer habe einmal versucht, sie zu vergewaltigen, was sie glücklicherweise mit ihrer koreanischen Kampftechnik verhindern konnte. Gesprochen habe sie bis jetzt darüber mit niemand, dieses Tintenfass war schließlich ein Nichts, ein Nobody, ein *nowhere man for nobody*. In Giottos Hölle sei er doch gut aufgehoben. Insgeheim stimmte Spock ihr zu, sein Kopf zeigte ein humanoides Nicken. Clair hatte jedenfalls unbedingt Anlass zum Killing des schwarztintigen Tintenfasses.

Da Aufdenblatten ihm die Liebe seines Lebens, die wunderbare Irena, ausgespannt hatte und dazu noch ein Hauptkonkurrent im Institut war, sei der Nostaw-Assistent Dr. Frank Schlechter ein Hauptverdächtiger. Die beiden Institutsratten pflegten Schlechter ständig zu provozieren, was weithin bekannt war. Oft hätte er sich ausgemalt, wie schön das Leben ohne die beiden Ekelpakete aussehen könnte. Auf die Frage nach seinen Fingerabdrücken auf einem Glas im Zimmer des Ermordeten verweigerte der Befragte die Auskunft. Nach der Intervention seines Schachfreundes Silvester räumte der junge Wissenschaftler ein, dass er wegen des anstehenden Scheidungsverfahrens von Irena und Tintenfass mit letzterem eine gütliche Einigung angestrebt habe, um eine Rosenkriegerei zu vermeiden. Deshalb hatte er gegen 12.00 Uhr – also im vergifteten Zeitfenster – den Schweizer aufgesucht und etwa 10 Minuten mit ihm gesprochen. Dieser habe im Anschluss daran etwas gequält gelächelt, einen Schluck aus seinem Tintenfass genommen und dann höhnisch geäußert, dass Schlechter schon mal schlechter gewesen wäre und die second-hand-Tussi zurückhaben könne. Aber das werde teuer und koste Schlechter reichlich Fränkli, schließlich solle doch der kleine Sohn geschont werden, so die kaum versteckte Drohung des Schweizers. Nach dem Plärren des vorsintflutlichen Telefons habe Schlechter dann ohne Gruß den Raum verlassen. Nach dieser Aussage klapperte Geiger mit seinen gefürchteten Instrumenten, den Handschellen, doch der anwesende Kreis der Hilfssheriffs konnte ihn mit Müh und Not von der Festnahme abbringen.

In hochgradiger Aufregung, mit deutlich zitternden Händen, berichtete die wieder in einem von den Haustigern missbilligten mausgrauen Aufzug erschienene Doktorandin Anja Fürstlein über den Verlauf ihres späten Vormittags: Erst zu Hause, dann Einkauf im Stadtzentrum, Zeugen hierfür konnte sie nicht benennen. Die erhebliche Anzahl von Fingerspuren in den Büros der Ermordeten könnten während der gemeinsamen Abnahme von Prüfungen entstanden sein. Den Anwesenden schien die junge Dame ein starkes Beruhigungsmittel zu benötigen. Sie konnte zweifelsohne zur Furie werden, wenn sie in die Enge getrieben wurde, Arno und Tintenfass waren jedenfalls glänzende Kandidaten für ein solches Kesseltreiben gegen Anja. Hatte sie in einer Notsituation zurückgehauen? Vielleicht sollte man sie bitten, so überlegte Mr. Spock, die für sie äußerst unvorteilhafte Brille abzusetzen, um die Kälte des arktischen Stahls in ihrem Blick testen zu können. Hatte sie den in ihrem Garten wachsenden Schierling zur tödlichen Waffe auserkoren? Oder war dies ein Trugbild?

Gegen 11.00 Uhr hatte die Sekretärin Lola Bauerfreund auf Bitten von Tintenfass vier saubere Weingläser in dessen Zimmer gebracht und etwa gegen 11.30 Uhr für eine längere Mittagspause das Institut verlassen. Mit tiefgefrosteter Miene erklärte sie, dass den Familien der Opfer das offizielle Beileid ausgedrückt werden müsse, auch wenn sie selbst die beiden Herren nicht in guter Erinnerung behalten könnte. Aber über Tote solle man ja bekanntlich nichts Übles reden oder gar diese noch mit Steinen beschneien. Ab heute jedoch wären beide Opfer für sie vergessen, als hätten sie niemals existiert. Der Schierling sei eine ganz ansehnliche Pflanze und der Mäusegeruch für die anwesenden Katzen sicher faszinierend. Und der olle Sokrates möge ihr verzeihen, den habe man ja zu Unrecht in die ewigen Jagdgründe geschickt, hier liege der Fall etwas anders, hier wurde Unkraut mit Unkraut bekämpft. Auf ihr Gesicht trat eine an norwegische Winternächte erinnernde arktische Kälte, die Zapfen und Kristalle dieses Eises waren nicht zu übersehen.

Wie viel Täuschung und Schwindel verbargen sich in diesen Aussagen? Was wurde bewusst verschwiegen? Wer war der Lügenbaron oder eben die Lügenbaronesse? Jeder hatte ausreichende und nachvollziehbare Motive, jeder konnte mit dem Schierling zugeschlagen haben. Zwei Tote, ein oder zwei Mörder? Wer hatte die Giftkelche gefüllt?

Schlitzohr und Spitzohr – Seine exzellente Eminenz und seine eminente Exzellenz

Nachdem der Kunsthistoriker-Clan und die Geiger-Truppe gegangen waren, verordnete Silvester eine kreative Denkpause, bis zum Abend kehrte etwas Kat-Zen-Ruhe ein. Eminenz Poirot und Exzellenz Spock zogen sich zu einem Kater-Privatissimum in die Dachstube zurück. Der Kardinal thronte dort auf einem Bücherregal, hinter ihm Schleiermachers Platon-Ausgabe, der Norweger auf einem überdimensionalen Kissen mit der Aufschrift Mittelpunkt des Universums.

»Nun, Poirot, was flüstern Dir Deine kleinen grauen Zellen in Dein haariges Ohr? Was feuern Deine Neuronen?« »Gesegnet sei der Herr und natürlich besonders Du, lieber Spock! Buon giorno, Signore Bosco! Zuerst danke ich Dir nochmals für die Einladung zur Mörderjagd, zumal es auch um das Aufspüren zweier exorbitanter Kostbarkeiten geht, die ich nur allzu gerne sehen und inspizieren würde! Auch war es mir in der letzten Zeit in meinem Amt recht langweilig geworden, dazu widerten mich die Skandale in der Administration des Bodenpersonals unseres Herrn eher an – Intransparenz, Intrigen, Machtkämpfe, Spionage, Lügnerei. Du, lieber Freund, hast sicher von den Turbulenzen gehört. Wo bleibt da der echte Glaube? Wir sind alle in der Pfote Gottes, aber ich bin zudem in den Krallen der Kurie! So kam ich gern in die Diaspora, in lutherische Domänen, zumal ins Haus Baker Street zu den von unserem Herrn mit Scharfsinn und Phantasie gesegneten Detektiven, den beiden Silvanern Spock und Silvester, der Herr möge mir vergeben! Auch hoffe ich auf eine Gelegenheit, mit dem Professore weiter über die Frage der heiligen Drei- oder Vierfaltigkeit zu disputieren. Es ist immer ein superber intellektueller Genuss mit einem kundigen Hegelianer die Klingen zu kreuzen! Aber, lieber Freund, zurück zum Detektivisieren, wir sollten zunächst unsere Gedanken austauschen. Der Herr wird mit uns sein!«

»Lieber Poirot, schön, dass es Dir ungeachtet der vielen Lutheraner und Ungläubigen hier gefällt. Zuerst möchte ich Dir die besten vulkanischen Grüße vom Enterprise-Spock übermitteln, er ist gerade im Quadranten 9 des Felidae-Gestirns auf gefährlicher Mission unterwegs, eine Konfrontation mit den Klingonen und Romulanern scheint nicht ausgeschlossen. Du weißt, dass er Deine logischen Traktate sehr hoch schätzt. Er grüßt Dich mit dem vulkanischen Gruß: Gerechtigkeit und ein langes Leben! Deinen Scharfsinn, lieber Gottlob, haben wir für die Aufklärung des Doppelmordes wermutbitter nötig. An Deinen prächtigen Schnurrhaaren sehe ich das unverkennbare Zeichen detektivischer

Anspannung, möge der Bösewicht schon jetzt zittern wie Espenlaub im coloradischen Aspen! Du wirst mir sicherlich beipflichten, dass wir zuerst die Fährte zu Cranach und Duchamp intensiv aufnehmen sollten, dazu scheint die Entschlüsselung der auf dem Arno-Papier zu findenden Abkürzung ›RK‹ und ›RT‹ von erheblicher Bedeutung.«

»Völlig d'accordo, lieber Bruder Spock!« Und so begann das Räsonnement der beiden klugen Kater über das »R« sofort mit geistigen Himmelsflügen des Kat-Holisten: »Im Blick auf das ›R‹ sehe ich zunächst eine erstaunliche Viereinigkeit: Der erste Buchstabe von Rex Jerusalem, dann das ›R‹ in R. I. P. – requiescat in pace – und das dritte und vierte ›R‹ als Anfangsbuchstabe im Namen eines deutschen ›Pontifex‹ und der Stadt seiner Residenz, Rom. Außerdem hat der Allmächtige in seiner unendlichen Weisheit geruht, bedeutende Zauberer von Pinselstrich und Farbe dem ›R‹ zuzuordnen – vom Franken Riemenschneider über Reni und Raffael, Ruisdael, Rubens und Rembrandt bis hin zu Repin und dem Sachsen Richter. Speziell die Vierfaltigkeit bleibt so gewiss, wie Sizilien der Stiefelabsatz des italienischen Katerlandes ist!«

Spock, der ganz spitzen Ohres war, erinnerte an das »R« in Poes »Raven«, an Richard Jury, an Silvesters Pissarro-Original »Rue de Revolution« wie auch Renoir mit zwei »R«, an den ostdeutschen Comic-Helden »Ritter Runkel von Rübenstein« mit drei »R« und an sein Lieblingssynonym für Sozialismus, »Wirrwarr« mit vier »R«. Auch Gourmetspezialitäten beginnen mit »R« wie Ratte, Risotto, Rolli und Rocchetta-Käse.

»Faszinierend«, trompetete Poirot, »Rocchetta scheint das entscheidende Stichwort. ›RT‹ ist das Monogramm für das bezaubernde piemontesische Weinstädtchen

Rocchetta Tanaro, fand doch Arno bei einem dortigen Winzer einen echten Guido Reni, der über den mit köstlichem Rotwein gefüllten Fässern hing. Dieses Ambiente kennst Du bestens, lieber Spock.«

»Ja, Silvesters zweiter Krimi-Bestseller trägt bekanntlich den Namen ›Mr. Spock und die piemontesische Todeskomödie‹, eine Story, in der es um eine Flasche Bricco dell'Ucellone geht und die gerade im Piemont von unserem italienischen Löwenfreund Gattobello Leone verfilmt wird, Hauptschauplatz die Festung Moncalvo.«

In dieser Sekunde sprang Nachbarskater Sokrates durch das Fenster des Dachzimmers, er hatte heimlich den gelehrten Überlegungen gelauscht. »Kommt endlich aus euren abgehobenen himmlischen Sphärengängen zurück, runter von den Wolken! Bodenhaftung, ihr Theologen und Philosophen, das hat mein Namensvetter schon den alten Athenern empfohlen. Leider ohne zählbaren Erfolg! Zum Dank haben sie ihm noch den Schierling saufen lassen, oh, diese Griechen! Das ›RK‹ - ›RT‹ sollte doch wohl einen Bezug zu Jena haben, die Bilder verbergen sich doch hier rund ums Katzenparadies, ja, dem hiesigen Paradies, lieber Kardinal, und nicht in Fantasialand, nicht im Wolkenkuckucksheim!«

Dieser Sokrates-Vorstoß hinterließ bei seiner Eminenz Schlitzohr und seiner Exzellenz Spitzohr tiefen Eindruck, den alten Griechen sollte man doch öfters die Ohren leihen. Unter Hinweis auf eine Nero Wolfe-Sentenz meinten beide in aller gebotenen Bescheidenheit, dass sie zwar Genies, aber nicht der Katzen-Gott sind. In aller gebotenen Bescheidenheit waren sie sich jedoch einig, dass sie keine gewöhnlichen Schöpfungen seien, sondern pures geistiges Dynamit. Keine noch so dünne Seite aus der Bibel oder aus dem Zarathustra würde zwischen sie passen. Gemeinsam mit Sokrates rückten sie dem Puzzle aus Abkürzungen weiter auf den Leib, im festen Blick auf Jena. Vielleicht bedeutet »R. K.« Rathauskeller oder Raum in der Kustodie. Das Knacken dieser doch harten Nuss war kein leichtes Unterfangen für die drei Hauspanther. Eine fette Fliege störte den griechisch-römischen Think-Tank. Im Sommerlicht schimmerte das Kissen von Spock in voller Röte, irgendwann summte der Kardinal sein Lieblingslied Avanti popolo und dann ganz laut die Zeile bandiera rossa – der Stellvertreter aus Vatikatzenstadt hörte ja zum Glück nicht zu. Urplötzlich brüllte der norwegische Löwe triumphierend: »Trionfera! Heureka! Die Farbe bestimmt das Bild. Ich hab das ›RT‹!«

Mit annähernder Lichtgeschwindigkeit stürzten die drei Panther über die Wendeltreppe ins Arbeitszimmer von Silvester, die zwölf Pfoten verursachten einen Lärm wie mongolische Reiterheere im Angriff. Beim Stopp fraßen sich die Krallen in den auch hier seine Seelenruhe bewahrenden Perserteppich. Die am gleichen Rätsel knobelnden Zweibeiner warteten begierig auf die Pointe, sie hatten wohl inzwischen RK entschlüsselt, an die entscheidende Vorarbeit von Cyrus anknüpfend: »RK« = Raubkunst.

Als dieses Wort fiel, holte Spock zu seinem zweiten gewaltigen Geniestreich aus: Er bat Silvester um die nochmalige Erzählung einer kuriosen Geschichte von einem seiner Seattle-Aufenthalte – Stichwort: Oyster. Die Angehörigen des Philosophie-Departments der Universität waren zu einer Party auf eine Austernfarm in der Nähe von Wainbridge Island eingeladen und wie der Zufall so spielt, traf Silvester einen älteren Herrn deutscher Herkunft, der seine Jugend in Jena verbracht hatte. Im Februar 1945 war er Augen- und Ohrenzeuge des alliierten Bombenangriffs auf die Saalestadt und sah, wie ein vor dem Eingang des »RT«, des Roten Turmes, stehendes mit SS-Leuten besetztes Fahrzeug von einer Bombe voll getroffen wurde. Somit war es denkbar, dass diese SS-Männer kurz vor Ende ihres verlorenen Krieges Raubkunst im Roten Turm, der Südostecke der alten Stadtmauer, zur Seite schaffen wollten. »RK« im »RT«, Raubkunst im Roten Turm, rot wie die bandiera rossa. Arno könnte so diese Kronjuwelen des Malens im Roten Turm, dem Domizil des Kunstvereins, entdeckt haben. 1996 war dieser Turm eingestürzt und hatte vielleicht damit einige seiner Geheimnisse preisgegeben.

Klein-FBI am späten Abend

Nachmittags grübelten die Spürnasen noch über das Finden des Versteckes und beschlossen, dass Spock und Neverkühn die Räume des Kunstvereins im Roten Turm inspizieren sollten, so jedenfalls die vornehme Umschreibung für Einbruch. Pures Entsetzen hätte Geigers Antlitz erfasst angesichts solch krimineller Energie. Auch Inspektor Cramer von der New Yorker Mordkommission beschuldigte das köstlichkomische Detektiv-Duo Wolfe und Goodwin mehrfach des unrechtmäßigen Zurückhaltens von Informationen, verließ dann aber mit zornesrotem Gesicht die Wolfe-Residenz. In einigen Fällen landete Archie Goodwin sogar im Arrest, für Geiger-Ledstrade wäre es ein Mordsvergnügen, Spock und Silvester mal ins Kittchen zu stecken.

Cyrus hatte inzwischen auch klare Belege dafür gefunden, dass zur Nazizeit kostbare Bilder im Roten Turm verborgen wurden. Vielleicht hatte Arno die edlen Stücke zunächst an diesem scheinbar sicheren

Ort belassen, auf dem Dachboden des Kunstgeschichtlichen Instituts hatten die Geiger-Leute nämlich nichts gefunden, außer Mäusedreck. Die Vermutung der Hobby-Detektive zum Roten Turm als Versteck erwies sich als Volltreffer: Nicht im doppelten Boden, sondern in einer doppelten Hinterwand eines riesigen Schrankes fanden sich zwei kupferne Rollen mit dem Aufdruck »SS – Geheime Kommandosache«, dazu eine weitere solche Rolle in der doppelten Decke des alten Möbels.

So standen jetzt drei, statt zwei Paradestücke der Malerei im Hause Baker Street, drei Farbsinfonien virtuoser Meister ihres Fachs. Poirot stürzte in einen Strudel des Enthusiasmus, der Kunstpapst wanderte mit erhobenem Schwanz vom einen Juwel zum anderen, hatte das Verbrechen völlig vergessen und murmelte »unfassbar, unglaublich, einmalig, pyramidale, die Mutter aller Funde! Herr, ich danke Dir für Deine unendliche Güte, von hier und jetzt wird eine neue Epoche ausgehen und ich kann natürlich in größter Bescheidenheit und Demut ausrufen: Ich bin dabei gewesen!«

Vor einer ersten sachkundigen Beschreibung von Inhalt und Form der drei Meisterstücke sollte jedoch die bisher wenig aussagefreudige Anja Fürstlein angehört werden. Auch Madame Boerne hatte sich dazu angekündigt. Timmi war es gelungen, seine Freundin zu einer ausführlichen Darstellung zu bewegen, allerdings unter der Voraussetzung, dass nichts aus diesem Gespräch nach außen dringen würde. »Never, nevermore«, so Neverkühn in seiner unnachahmlichen Art von Zusage.

»Mein Doktorvater Professor Kliemann«, so Anja, »hatte immer wieder die unbedingte Geheimhaltung ihrer amourösen Affäre verlangt. Seine Ehe, Ehre und sein Renommee ständen auf dem Spiel, es gehe schier um Alles. Dies konnte ich leicht schwören, lag doch Diskretion in meinem ureigenen Interesse. In Frank Schlechters Dienstzimmer fand ich dann ganz zufällig eine Viole mit der Aufschrift ›Schöne Frau‹ und warf diese dann dummerweise in die Saale. Auch wenn Belladonna darin gewesen sein könnte, Frank war niemals ein Mörder und der Täter musste ihm dieses Gläschen untergeschoben habe – es lag ja offen herum!

In den Tagen vor der Klausur verkündete Clair mehrfach, dass endlich Substantielles gegen Tintenfass unternommen werden müsse. Die junge Professorin war ernsthaft beunruhigt, nie hatte ich dies bei ihr vorher beobachtet. Keinesfalls war das aber ein Vorbote eines von Clair geplanten Giftmordes, sondern die indirekte Ankündigung einer Anzeige bei der Polizei. Den Grund könne sie sich denken, da Tintenfass auch ihr gegenüber einmal schon recht zudringlich geworden sei. Auch der Direktor habe eindringlich prinzipielles Stillschweigen eingefordert, im anderen Falle schienen einschneidende Konsequenzen unausweichlich. Lola raunte mir mit drohendem Unterton öfters zu, sehr vorsichtig zu sein, nichts, aber auch gar nichts auszuplaudern, niemandem zu vertrauen, nicht allein am Abend auszugehen, keine verdächtigen Getränke und Speisen anzurühren, ein Mörder sei unter uns.

Um noch mehr aus der Sekretärin herauszubekommen, fuhr ich mit ihr zum Baden an einen Waldteich und spürte die ganze Zeit den polarkalten Zorn von Lola, die dann aber am Teich ohne Bedenken oder Angst sofort alle Textilien abgelegt und sich ins Flüssige gestürzt hatte. Als sie wie eine schlanke Aphrodite dem See entstieg, forderte sie mich auf, nun endlich wenigstens die unmoderne Brille und das Bikini-Oberteil abzunehmen: ›Du brauchst doch Deine doppelten Hingucker, Deine schönen Augen und Titten nicht zu verstecken!‹ Während Lola dann meinen von Brille und Textil befreiten Körper eincremte und pikante Regionen schnurrend verwöhnte – War die Nymphomanin auch noch bisexuell? – wiederholte sie die eindringlichen Warnungen – Sorge oder versteckte Drohung?«

»In Anjas Garten gedeiht der Schierling prächtig, jemand hatte dort wohl auch in mörderischer Absicht ›geerntet‹«, warf Madame Boerne jetzt dazwischen.

»Meiner Tante, der Besitzerin des Gartens, Timmi und mir ist das Kraut nicht bekannt, botanisch bin ich eine Null.« Nach diesem Schlusssatz war Anja von Timmi abgeholt worden, ein Durchbruch in den Ermittlungen sah anders aus, auch wenn neue Details deutlich wurden.

In klassischer Katzenmanier hatte sich Madame Boerne, die kleine und schlanke German Rex-Dame, in das Spurensicherungsteam eingeschlichen und konnte jetzt eine echte Neuigkeit vermelden: Das Tintenfass und das Glas des Opfers enthielten neben dem Schierlingsgift Reste von Grignolino, Zucker und Stevia, vielleicht hielt jemand den Wein für zu sauer. In einem Weinglas mit den Fingerabdrücken von Schlechter fand sich nur der Grignolino und Stevia, beides überraschende Mischungen. Gegenüber Chef und Chefsekretärin hatte Tintenfass die süßen Zusätze zu seinen Getränken immer scherzhaft als sein Doping bezeichnet. Zur weiteren Überraschung hatten Geigers Leute in einer Mülltonne die Flasche des Grignolino entdeckt, mit Schierling und Zucker sowie Fingerabdrücken von Professor Kliemann.

Cyrus gab kund, dass die von ihm konsultierten Duchamp-Forscher die Möglichkeit der Existenz eines in Jena entstandenen Gemäldes aus dem Jahre 1931 nicht ausschlossen, alles in allem gab es nur vage Hinweise. Wichtige Papiere des von den Nazis ermordeten jüdischen Kunstsammlers Katzman aus Freiburg waren wohl unwiederbringlich verschwunden, aber Holbein, Duchamp und Magritte hätten durchaus zu seiner Kollektion zählen können.

»Du meinst sicher Cranach«, rief Uncle Abe dazwischen.

»Nein«, so Cyrus vom Chefstuhl von Scotland Yard aus, »der von uns hochverehrte Kardinal Himmelsstern-Poirot hat mir versichert, dass es sich um einen Holbein handelt, nicht um einen Cranach!«

Aber warum hatte der Cranach-Experte Arno dann auf seinem Zettel Cranach vermerkt? Wollte er seine Kollegen Monet und Tintenfass sowie auch die anderen Mitarbeiter hinters Licht führen? Jedenfalls bekam wohl nur Arno die beiden Leinwände zu Gesicht. Warum fand der Magritte keine Erwähnung? Hatte der überhebliche Arno hier eine falsche Spur gelegt und sich damit selber seine Grube gegraben?

Die himmlische Troika – Holbein, Duchamp, Magritte

Poirot hatte wieder zu seiner gewohnt-gelehrten Souveränität und seiner katzorianischen Gelassenheit zurückgefunden und begann die Vorstellung der drei Prachtstücke.

Erstens: Hans Holbeins »Martin Luther und Papst Clemens VII. beim Disput im Schwarzen Bären«. In diesem altehrwürdigen Jenaer Hotel war neben Otto von Bismarck auch der norwegische Denker Henrik Steffens abgestiegen; mit der Visite des letzteren begann der immense norwegische Einfluss auf die Geschichte Thüringens und der Welt. Steffens sah Jena um 1800 als den eigentlichen Sitz der geistigen Bestrebungen in Deutschland an, die niedliche Stadt in dem anmutigen Tale erschien ihm reizend und heilig. Auch hatte Steffens, wie sein norwegischer Landsmann Spock hervorhob, auf seinen geognostischen Reisen durch Thüringen dem Mekka und dem Rom der Katzen, Katzhütte und Katzberg, einen Besuch abgestattet. Da auch die herausragenden Dichter und Philosophen um 1800 von Goethe bis Hegel im Schwarzen Bären zechten, könne mit Fug und Recht von einem welthistorischen Orte gesprochen werden. Das Holbein-Werk setze den Punkt auf das I.

Laut Poirot, dessen weiße Löwenmähne jetzt im Sonnenlicht glänzte, handelte es sich beim zweiten Glanzlicht der göttlichen Malkunst um einen Marcel Duchamp »Königliches Spiel auf 64 Feldern – Emanuel Lasker gegen Marcel Duchamp«, und beim dritten ebenfalls um einen Knüller: Rene Magritte »Sherlock Holmes und Hegel im Urlaub am Reichenbachfall«. Ausnahmsweise müsse er, Gottlob, als Verfechter der Vierpfotigkeit hier eine heilige Dreieinigkeit der Malerei zugestehen, The Holy Trinity of Fine Art.

Silvester und Spock schnurrten ob dieser Lobrede wohlwollend Zustimmung, der krallenscharf logisch denkende Spock neigte ja in der Kontroverse zwischen Drei- oder Vierfaltigkeit mehr seinem Professore zu und nicht seinem kat-holistischen Freund aus Rom.

 Hans Holbein: »*Luther und Papst Clemens VII. beim Disput im Schwarzen Bären*«

Im Hause Silvester wolle er, so Gottlob-Poirot, eine erste und vorläufige Beschreibung des Holbein aus der Perspektive von Hegels Ästhetik der Malerei und dessen Theorie des absoluten Geistes vortragen, gemäß dem epochemachenden Credo des größten Denkers unter den Zweibeinern, in der Sprache des Felis catus: »Alles was kätzisch ist, ist vernünftig, alles was vernünftig ist, ist kätzisch.« Der Katzenkosmos müsse somit vernünftig, nach dem Prinzip der Vierpfotigkeit, eingerichtet werden, sonst drohe der aufrechte vierfüßige Gang zur Katzenfreiheit zu misslingen. »Alles liegt somit in unseren vier Pfoten!«

»In der Malkunst, in welcher das Göttliche sich in Gestalt von Anschauung und Vorstellung, eben in Bildern manifestiert, gelingt es dem Geist, sein Inneres im Widerschein der Äußerlichkeit und Gegenständlichkeit, in Fläche und Farbe auszudrücken, sein Freisein sinnlich darzustellen und so in diesem Anderen, im Werk und seiner Rezeption, bei sich selbst zu sein. ›Das Genie des Künstlers und der Zuschauer sind in der erhabenen Göttlichkeit, deren Ausdruck vom Kunstwerk erreicht ist, mit den eigenen Sinne und der Empfindung einheimisch und befreit, das Anschauen und Bewusstsein des freien Geistes ist gewährt und erreicht.‹ Diese in der Malerei auf der Grundlage der Tilgung einer Raumdimension sich vollziehende Vergeistigung des Gehaltes schafft das Scheinen des inneren Geistes, der – wie der Maestro des Idealismo formulierte – ›sich für sich als Geistiges anschauen will‹.

Der Holbein zählt zu den ›idealischen‹ Gemälden, die große Geschichte und deren Protagonisten darstellen, hier als Porträtieren des Julius di Medici, Papst Clemens VII., und des Reformators Martin Luther. Dem Ringen von Titanen des 16. Jahrhunderts kann zugeschaut werden. Das Bild verbindet gewissermaßen Cranachs Lutherporträts und Sebastiano del Piombos Darstellung des florentinischen Papstes: auf der einen Seite das aristokratische Oberhaupt der römischen Kirche, mit prächtigem Gewand, roter Mütze und rotem Cape, auf der anderen ein scheinbar tumber Hinterwäldler, der eher plebejische, grau in grau gewandete Mönch mit einer Art Baskenmütze, hier der Verwalter des Weinbergs des Herrn und dort der Fuchs, der in diesen eingedrungen war, der Eber der diesen zerstören wollte. Einen großen Humpen Wein in der Hand schwenkend schien der Wittenberger zu sagen: ›Unser deutscher Teufel wird ein guter Weinschlauch sein und muss Sauff heißen.‹

Die Figurenkonstellation wird weiter geprägt von vier jungen Leuten, wohl Studenten, einer mit verklärtem Antlitz, mit einer Affinität zu Jesus Christus. Letzterer wäre wohl nur zu gerne Zaungast dieses Disputes gewesen. Rechterhand sieht man den mit einem Fuchsfell drapierten Fürsten Johann Friedrich den Großmütigen, Anhänger der Lutherischen Reformation und 1558 Gründer der Jenaer Universität, in Saalathen liebevoll ›der Hanfried‹ genannt, Lucas Cranach der Ältere und Tizian habe ihn eindrucksvoll porträtiert.

Linkerhand hinten an der Gastraumwand hängt ein Ablasszettel des berüchtigten Ablasshändlers Tetzel, auf den Licht durch die halboffene Tür fällt – ein corpus conflicti der beiden geistlichen Herren. Das Fenster öffnet einen Blick auf die Jenaer Weinberge, der Florentiner mag an seine Heimatstadt erinnert worden sein und vielleicht das Gleiche gedacht haben wie weiland Kaiser Karl V. bei seinem Eintreffen in Jena: ›Ach, mein schönes Florenz‹.

Auf der Tafel stehen neben dem Jenenser Wein als Getränke auch das Schellen-Bier, Hippokras, ein Würzwein mit Cinamon, Galgant und Ingwer. Auf den überreichlich gefüllten Tellern sehen wir Hirschwildbret, frische Trauben, Brot und die weltberühmte Thüringer Bratwurst, die dem toskanisch-römischen Gourmet sicherlich mundete. Holbein spielt wie Caravaggio virtuos mit dem Hell und Dunkel, mit Licht und Schatten, mit der Nuancierung mittels der Farbe, dem Zauberinstrument der Maler.

In der vom feinen physiognomischen Sinn des Altmeisters geprägten Ausführung kommen in den Gesichtern der Hauptdarsteller, in ihrem Ausdruck, in ihrem Mienenspiel, im Glanz der Augen das Seelenleiden beider und ihre innere Qual, kommen die ›schwarzen Wolken des Geistes‹ zur beeindruckenden Darstellung.

Das Grundbild ihres Charakters, ihre eigentümlichen geistigen Züge werden eingefangen, jeder der Kontrahenten scheint zu sagen: ›Hier sitze ich und kann nicht anders!‹ Die Porträts beider sind ihrer Individualität ähnlicher als den realen Akteuren im Jahre 1532, ihr Wesen kommt hier klarer und deutlicher zur Ansicht

Wie bei Tizian und Dürer oder bei Holbeins Bildnis von König Heinrich VIII. von England ist die geistvolle Zeichnung des Charakters in seinem innersten Wesen gleichsam ›getroffner, dem Individuum ähnlicher als das wirkliche Individuum selbst‹. Diesen Hegelschen Grundgedanken bestätigte der französische Dichter Mallarme in seinen Überlegungen über die Darstellung des Wassers bei Claude Monet – als Poet habe er ›nie ein Boot gesehen, das leichter und eleganter auf dem Wasser balancierte‹, wie beim virtuosen impressionistischen Farbzauberer. Kurzum: Mit dem Holbein haben wir eine ingeniöse Meisterleistung der schönen Kunst, eine stella mirabilis, einen Stern erster Güte im Bilderkosmos, vor dem ich mein Haupt tief verneige!«

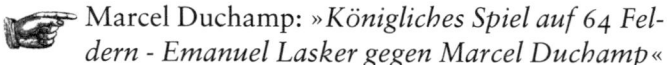 Marcel Duchamp: »*Königliches Spiel auf 64 Feldern - Emanuel Lasker gegen Marcel Duchamp*«

Jetzt stand die Verbildlichung einer Schachpartie zwischen dem Begründer der Concept Art und dem ersten Deutschen auf dem Schachthron, Emanuel Lasker, vor den Stardetektiven. Das königliche Spiel hatte für Duchamp alle Schönheiten der Kunst – und noch viel mehr: »Wenn auch nicht alle Künstler Schachspieler sind, so sind doch alle Schachspieler Künstler«.

Mr. Spock schwärmte sogleich vom »Farbenfeuerwerk eines neuen Leonardo«; Poirot würdigte »die beeindruckende Gestaltung des hellsten Lichts und tiefsten Schattens, die ungewöhnlichen Figurationen und Konstellationen«. Der Anschauende ist gleichsam von Anfang an mit von der Partie, er wird mit eingerechnet, die Interpretation gehört ohne Zweifel zum Werk selbst. »Es sind die Zuschauer, die die Bilder machen. Maestro Duchamp erweist sich hier als Magier des Lichts, das räumlich Reale wird in das höhere und geistig reichere Prinzip der Farbe transformiert.«

»Das Zimmer zeigt«, so der jetzt die Szene erläuternde Schachfan Silvester, »das Ambiente des Café de la Régence, des berühmten Pariser Schachcafes, in dem schon die Enzyklopädisten wie Diderot und D'Alembert, aber auch Voltaire, Benjamin Franklin, Rousseau und Napoleon dem königlichen Spiel huldigten, wo man laut Rameaus Neffen die bedeutendsten Züge sehen konnte und wusste, dass, wer zuletzt lacht; am besten lacht.

Durch die weit geöffneten Fenster und Türen dringen wunderbare Farbenspiele herein und werfen zusammen mit den Kronleuchtern ein gleißendes Licht auf das angespannte, vergeistigte Mienenspiel der beiden sympathischen Widersacher – zwei der damals besten

Schachspieler der Welt – kurz vor dem Beginn der Partie.

Zugleich wird der erste clowneske Joke des Franzosen sichtbar: die Schachfiguren sind falsch aufgestellt. Vom Präsidenten des Jenaer Schachvereins, Günthard Matt, wurde dies sicher sofort auf dem realen Brett korrigiert. Aus den beiden Holzfigurenheeren stachen die Bauern hervor, der Enzyklopädist und Schachtheoretiker Philidor hatte sie ja zur Seele des Schachspiels erklärt und Duchamp selbst war Mitautor einer Studie über Bauernendspiele. Auch trägt der weiße Königsbauer einen spitzen Kopf, höchst ungewöhnlich und schleierhaft. Dem Anschauenden bietet sich ein bizarres Panorama, alle geometrischen und perspektivischen Regeln scheinen außer Kraft gesetzt, aus der rechten Ecke des Raumes schaut ein frei in der Luft schwebender grüner Kater dem Treiben höchst interessiert zu, er schien bereits vor dem ersten Zug das Schnurren zu beginnen. Nun, grüne und schwebende Kater waren ebenso üblich wie blaues Gras, rote Löwen oder eine Landschaft in Pink.

Hinter Duchamp auf der rechten Seite schaut der nur als Kopf und mit einem Doppelgesicht dargestellte Schachweltmeister Alexander Aljechin hervor, der Teamkollege von Duchamp, aber auch Bewunderer von Lasker, einem seiner Vorgänger als Weltchampion.

Neben Aljechin scheint der Dadaist und Cineast Hans Richter zu hocken, mit Augen die einer Filmkamera gleichen. Hinter Lasker zur Linken steht auf einem Baugerüst Henry van der Velde, neben ihm eine nackte Zuschauerin mit einer riesigen roten Rose zwischen ihren üppigen Brüsten, vielleicht eine Adaptation von Magrittes ›Die Frau mit einer Rose anstelle des Herzens‹. Wie es ein berühmtes Foto belegt, saß Duchamp gerne mit unbekleideten Rubens-Modellen am Schachtisch, schließlich spielte man ja auch beim Schach mit Figuren und pflegte durchaus den Damentausch.«

»Man solle aber«, so rief Kardinal Poirot dazwischen, »trotz dieser erotischen Pracht der wohlgebauten Madonna die zarten Farbnuancen der durchsichtigen Blume nicht übersehen.«

»Seitlich des in die Bildmitte gestellten Schachbrettes, dessen 64 heilige Felder rot und gelb statt schwarz und weiß leuchteten, steht Max Ernst, gezeichnet wie ein Farbklecks, in den Händen eine Miniaturform seiner Skulptur ›Der König spielt mit seiner Königin‹ haltend – der Monarch dabei mit den Insignien des Teufels. Der Expressionist schien sich über die inkorrekte Aufstellung mancher der 32 Figuren zu amüsieren, gibt es doch eine Fotografie, die seinen französischen Kollegen mit den von Ernst und im Ernst geschenkten, jedoch regelwidrig positionierten Figuren zeigt. Ganz rechts war eine Malerleinwand zu erkennen, mit dem Satz: ›Dies ist kein Magritte‹. So setzte Duchamp seinem zur Partie mit Lasker anwesenden belgischen Kollegen wohl ein ironisches Denkmal.

Auf dem Schachtisch stehen zwei Gläser, in denen thüringisches Bier golden schimmert, mit frischem Schaum, welchen Duchamp in der Tradition des antiken Malers Apelles auf den köstlichen Trank gezaubert hatte. Gekrönt wird die volle, ungebrochene Lebendigkeit von dem glänzend suggerierten und inszenierten Hinausschreiten über den Rahmen des Gemäldes, des Rahmens, welcher die Tür zur Welt bedeutet, in welche jetzt hinausgetreten werden soll.

Und Schach war für den Ready-made-Schöpfer Duchamp nicht bloß die schönste Nebensache des Lebens, einige seine künstlerischen Kreationen waren dem königlichen Spiel gewidmet – zeichnete er doch Plakate für die französische Schachmeisterschaft, spielte selbst als weißer König in Hans Richters Film ›8 x 8‹, saß in Rene Clairs Kurzfilm ›Entr'acte‹ mit Man Ray zu einem Spielchen auf dem Dach des Theatre de Champs Elysees und gestaltete 1968 zusammen mit John Cage die Reunion-Performance in Gestalt einer Schachpartie, bei der mittels Sensoren auf dem Schachbrett Tonfolgen induziert wurden. Unser Freund und Musikexperte Neverkühn wird diese musikalisch-schachliche Kreation in nächster Zeit hier vorführen. Für die Echtheit des Prachtstückes sprechen indirekt auch ein aus dem Jahre 1910 stammender Vorläufer ›Partie d'Echecs‹, auf der Brüder oder Zwillinge die Kräfte zu messen schienen. Jedenfalls war der auf einen Flüchtigkeitsfehler Laskers, einem Schachspielern vertrauten Blackout folgende Abschluss des Kampfes als ›Duchamp-Coup‹ in die Schachgeschichte eingegangen.«

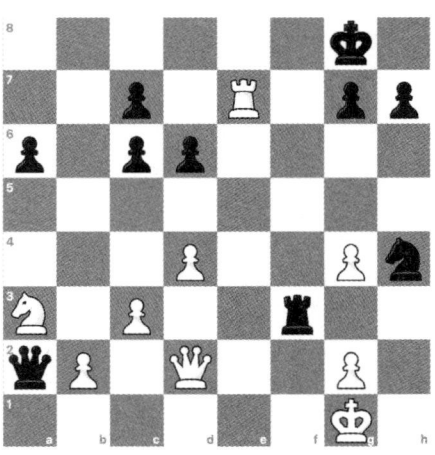

Weiß: *Lasker*
Schwarz: *Duchamp*

Letzter Zug von Schwarz: 25... Txf3
26. Dg5, Da1+,
27. Kh2, Th3!!+   Lasker gab auf
Falls 27. Kxh3 Dh1+, 28. Kg3 Dxg2+, 29. Kh4 Dh2 matt oder 29. Kf4 Df3 matt
Falls 27. gxh3 Sf3+

Die Kunst- wie die Schachwelt könnten sich auf die erste öffentliche Ausstellung des Duchamp schon freuen. Jena hätte einen weiteren Magneten. Mr. Spock dämpfte jedoch sogleich die aufkommende Euphorie. Erstens gebe es keine Garantie, dass diese Perlen der Malkunst in Jena verbleiben würden und zweitens seien der oder die Mörder leider noch nicht mattgesetzt, es waren noch einige exquisite Gedankenblitze und Kombinationen á la Duchamp, Lasker, Michail Tal, Vishwanath Anand sowie insbesondere diejenigen seines Landsmannes Magnus Carlsen erforderlich, um den Missetäter zur Aufgabe der Partie zu zwingen und schließlich Schachmatt rufen zu können.

 Rene Magritte »*Sherlock Holmes und Hegel im Urlaub am Reichenbachfall*«

Sie lausiger Schleicher
Rex Stout »Die Gummibande«

Über den Magritte freuten sich Norweger und Thüringer in selten erlebter Weise, sie waren ganz aus dem Baker-Street-Häuschen, galt er ihnen doch als der philosophische Maler, als der malende Philosoph des 20. Jahrhunderts, als ein denkender Farbmagier allererster Güte. Hatte er doch einige seiner hochkarätigen Schöpfungen bedeutenden Philosophen gewidmet, von Heraklit über Descartes und Rousseau bis Hegel. Auch lasen sich die Titel mancher seiner Paradestücke als ein Themenkatalog der Philosophie: »Der Schlüssel zur Freiheit«, »Cogito ergo sum«, »Die unsichtbare Welt«, »Die Ursprünge der Sprache«, »Die erstochene Zeit« oder »Lob der Dialektik«. Doch dem nicht genug, er verband Philosophieren und Kriminalisieren mit der

Malerei, ging es all diesen drei erstrangigen Künsten doch um das Aufdecken und Aufklären des noch Verborgenen.

Von Nick Carter und Nat Pinkerton war Magritte beeindruckt und ließ sich bei den Namen für seine Schöpfungen von Kriminalautoren der Champions-League inspirieren, nach Dashiell Hammets Story hieß ein Bild »Der gläserne Schlüssel«. Außerdem standen Edgar Allan Poe und Rex Stout Pate, Dupin und Wolfe verbargen sich so hinter manchen seiner Leinwände.

»Mit diesem Bildnis haben wir ein Muster moderner Malkunst vorliegen, eine höchst gelungene Repräsentation, eine Verbildlichung freier Subjektivität«, so das Präludium der gelehrten Anmerkungen des Perserkaters Poirot. »Der Geist schaut sich für sich als ein Geistiges an, bezieht sich auf sich und erkennt sich so selbst. Bei solch artifiziellen Kreationen liegt das Hauptinteresse auf der Vergeistigung des Äußeren, der denkende Farbkomponist Magritte hat dieses ›Scheinen des Geistigen‹ mit unübertroffener Subtilität, Akkuratesse und Delikatesse auf die Leinwand gebannt. Magritte und Cezanne sahen die Notwendigkeit der Überschreitung des alten Dualismus zwischen innerer und äußerer Natur: die beiden gleichlaufenden Texte, die gesehene Natur, die empfundene Natur, die dort draußen« – er deutet auf die grüne und blaue Ebene – »und die hier drinnen« – er schlägt sich an die Stirn. »Beide müssen sich durchdringen, um zu dauern, um zu leben: ein halb menschliches, halb göttliches Leben, das Leben der Kunst als das Zelebrieren des ›Untergangs der sichtbaren Welt‹. Die Landschaft spiegelt sich, vermenschlicht sich, denkt sich in mir. Ich objektiviere sie, übertrage sie, mache sie fest auf meiner Leinwand.

Unser Magritte verbindet ganz im Sinne von Cezanne die Darstellung der landschaftlichen Natur, hier im

Zentrum das stürzende Wasser, mit der durch Holmes und Hegel repräsentierten philosophischen und detektorischen Weisheit in herausragender Form, Landschafts- und Porträtmalerei brillant verknüpfend. Mein Bruder vor dem Herrn und mein bester Freund, unser spitzfindiges Spitzohr Mr. Spock mit dem Magritte-Faible übernimmt jetzt die weitere Erläuterung der faszinierenden Schöpfung des Belgiers.«

»Der Reichenbachfall bei Meiringen«, so Spock, »wurde dem internationalen Publikum durch Arthur Conan Doyles Erzählung über den Sturz von Holmes und des Oberbösewichts Professor Moriarty in die Felsenschlucht bekannt. Magritte gelingt es, wie mein hochgelehrter und hochgeschätzter Vorredner schon darlegte, das Naturphänomen des Wassersturzes mit den Antlitzen der beiden imposanten und weltberühmten Persönlichkeiten zu verknüpfen, die hinter dem Wasservorhang, in den Zwischenräumen der Fontäne hervorscheinen, ähnlich wie in der Komposition von Carte Blanche, der Reiterin im Wald, gegen alle optischen Gesetze verstoßend.

Der am Werk vorbeigehende Betrachter sieht ewig dasselbe und doch ein sich stets wandelndes, in die Tiefe fallendes Wasser. Er schaut in die immer gleichen Augen der beiden Urlauber, die jedoch in ihrem Glanze variieren und ständig auf den vorbeigehenden Betrachter gerichtet sind, wie jene der jungen Frau in Raffaels Porträt La Muta. Die sich verändernden Impressionen der Wasserkaskade spiegeln sich gleichsam in der unverwechselbaren und sich doch wandelnden Physiognomie der beiden Herren. Letztere thronen unter einem riesigen weißen Baldachin, auf dem oben eine große Glasschale sitzt.

Ähnlich der frappierenden Kombination von Schirm und Wasserglas bei *Hegels Ferien* geht es auch hier um das gleichzeitige Abweisen und Aufnehmen des Flüssigen. Holmes trägt Karo und raucht die unvermeidliche Pfeife, die einen wogenden Rauch erzeugt, den wir auch beim Auftreffen des Wassers in der Tiefe sehen können, gleich einem ›Heraufzüngeln weißer Flammen‹ – vielleicht eine Anlehnung an das Sfumato, das Neblig-Weich-Rauchige des Leonardo. Auf Hegels Haupt sitzt eine Baskenmütze und seine Hand hält ein Glas mit rubinrotem Wein, der in seiner Durchsichtigkeit ähnlich der Wasserkaskade funkelt.

Im flüchtigen Schein des Himmels mit den für Magritte typischen Wolkenformationen – schon John Constable sah in der Gestaltung des Himmels den Schlüssel für ein Landschaftsbild –, wie auch im Scheinen des umgebenden Waldes und der Abenddämmerung schauen wir die freie Lebendigkeit des Natürlichen. Zugleich gelingt die Verbildlichung eines Einklangs des im Porträt sich offenbarenden Gemüts der Protagonisten, ihres Charakters, ihrer geistigen Individualität mit den entsprechenden Stimmungen der landschaftlichen Natur – in diese Lebendigkeit, in dieses Ansprechen der Seele und des Gemüts kann der Betrachter sich einleben, einfühlen, und so in der Natur innig sein, in einer landschaftlichen Natur von wilder Bewegtheit, milder Heiterkeit und duftiger Ruhe, schwebend zwischen Frühlingsfrische und winterlicher Erstarrung.«

Nach diesem Stakkato zur virtuos gestalteten Einheit von Porträt- und Landschaftsmalerei bei Magritte musste Spock verschnaufen und etwas Wasser schlecken.

»Das Sujet Wasserfall«, so fuhr er schließlich fort, »bietet eine höchst geeignete Möglichkeit der künstlerischen Darstellung von Ruhe und Bewegung, der Meeresstille der Seele und der kinetischen Kreativität und Beweglichkeit des Geistes – man erblickt Ruhe und Stille aber zugleich das donnernde Herabstürzen des Wassers in den Abgrund des granitnen Felsens und des vergänglichen Lebens. Man sieht ein ›majestätisches Schauspiel‹, durch eine enge Felsenkluft dringt das Wasser schmal hervor, fällt dann in breiten Wellen senkrecht herab; in Wellen, die den Blick des Zuschauers mit sich niederziehen und die er doch nie fixieren, nie verfolgen kann, denn ihr Bild, ihre Gestalt löst sich alle Augenblicke auf, wird in jedem Moment von einem neuen Bild verdrängt, und in diesem Falle sieht er ewig das gleiche Bild und sieht zugleich, dass es nicht dasselbe ist.

Man erblickt zugleich das Brausen des Wassers, die Gischt, das Herausschwellen, das Überschäumen der unbändigen Kaskaden und darin das Brechen der sturmgepeitschten Wellen der Seele. Die dynamische Natur gleicht dem Schauspieler, der nur dem Augenblicke dient, die Kunst triumphiert über die äußere Wirklichkeit, da sie auch das Flüchtigste zu fixieren vermag. Sie macht den Augenblick dauerhaft, in einer konzentrierten Lebendigkeit, in der Magie des Scheinens in veränderlicher momentaner Färbung. Als ob ihm Hodlers Wandgemälde über den Auszug der Jenaer Studenten zum Befreiungskrieg vertraut wäre, erwähnt Hegel als Beispiel die Darstellung einer einzigen Sekunde in der Bewegung eines Trupps von Reitern.«

»Der Maler«, so Spock triumphierend, »kann im Kern als Repräsentant des Katzenhaften angesehen werden, er schleicht nämlich den vorübergehenden Bewegungen, den flüchtigsten Ausdrücken des Gesichts, der momentanen Farberscheinungen in ihrer Dynamik nach und bringt sie dann bloß im Interesse dieser Weltsekunde und ohne ihre verschwindende, ohne ihre vergängliche Lebendigkeit vor uns, er überlistet gleichermaßen das Endlich-Vergängliche. Das

Wort ›Schnappschuss‹ drückt dieses Vermögen trefflich aus. Der Malergenius ist ein Schnapper, ein phantasiereicher Erschleicher der bunten Welt des Augenblicks, er schleicht den schnellen Blitzen der Natur nach und bewahrt diese auf, indem er dem Momentanen eine geistige Bestimmtheit verleiht, speziell in der Gestalt der Farbe.

Besonders die Wasser-Menschen, wie die Venezianer und Niederländer, konnten an ihren Meeren, Seen, Flüssen, Sümpfen, Kanälen oder Grachten die Lichtreflexionen des Wassers gründlich studieren und als Virtuosen des Kolorits auf der weitgefächerten Stufenleiter von Licht und Schatten mit der Nuancierung und den Übergängen des Farbigen kongenial spielen. Die Niederländer des Goldenen Jahrhunderts zeichneten so den Sonntag des Lebens, nämlich das, was die Katze in ihrem innersten Wesen ist. Darstellung findet ihre Seelenruhe etwa in Ostades ›Katzen schlafend auf dem Schusterleder‹ oder in Breughels ›Katze als Zuschauer bei der Getreidemahd‹, das kätzische Selbstbewusstsein bei Vermeers ›Die stolze Katze von Delft‹ oder das entschlossene Gemüt der Felidaes auf Rembrandts ›Der jagende Kater auf dem Sprung‹.

Wenn man an unseren Magritte näher herankommt, so scheinen Holmes und Hegel wie abgespiegelte Gestalten aus der klaren Tiefe und Eigentümlichkeit des tosenden Wassers hervorzulugen und todesfrostig und warnend uns zuzurufen: ›Das Böse, als dessen Symbol der auf diesem fulminanten Prachtstück abwesende und in Gestalt des Abgründigen doch anwesende Professor Moriarty steht, sollte mit Seelenruhe und Katzengeduld zur Strecke gebracht werden.‹

Die Botschaft der beiden Sommerfrischler lautet wohl: ›Magritte, nach dem Geniestreich *Hegels Ferien* hast Du mit diesem Schnappschuss von unserem Alpenurlaub ein Jahrtausendwerk geschaffen, das Denken sichtbar gemacht!‹ Ein Segen, dass dieser Diamant nicht dem Meiringer Tintenfass in seine perversen Krallen fiel!«

Donnernder Beifall ergoss sich über Mr. Spock, er war erschöpft aber doch sehr glücklich, dass die Freunde von seiner Rede so begeistert waren. Nur musste er, wie es seine Art war, gleich wieder einige Tropfen vom göttlichen Wasser in den Wein gießen: »Houston, wir haben ein Problem! 200 bis 300 Millionen Euro stehen hier vor uns, ohne juristische Legitimation, ohne ausreichenden Schutz, ohne Versicherung. Spätestens morgen muss Geiger in Kenntnis gesetzt und die Kleinodien müssen in die Teufelspfoten des Zweibeiner-Staates übergeben werden.«

Silvester und Neverkühn setzen daraufhin die von Uncle Abe installierte und vom CSI zertifizierte hochmoderne Alarmanlage in Betrieb. Auch war Scotland Yard-Chiefinspektor Richard Jury gerade im Haus Baker Street eingetroffen, in seinem Schlepptau Carole Anne Palutski, die mit einem die Augen verwöhnenden Nichts bekleidet war, man konnte fast bis nach Feuerland schauen. Duchamp und Magritte hätten sie schnurstracks als Modell gewonnen. Silvester war ganz hin und weg und lud Carole Anne für später zu einem Gläschen in sein Arbeitszimmer ein. Er mutierte in diesen Momenten zum Schmusekater – ein Schelm, wer hier an Unziemliches denkt.

Auch wurde eine durchgängige Bewachung des millionenschweren Schatzes organisiert. Zum Bedauern aller blieben nur noch wenige Stunden, um diese Wunderwerke der Malerei allein und in Ruhe genießen zu können. Die Zweibeiner waren mit dem Besten aus Silvesters Weinkeller versorgt. Die Samtpfoten ließen sich leckere Käserollis schmecken. So standen Zwei-

und Vierbeiner ehrfurchtsvoll vor den drei Zauberleinwänden, die mit keinem Gold dieser Erde aufzuwiegen waren.

Die Katzenperspektive –
Mr. Spocks nächtliche Reise um drei Gemälde

> *Irgendwo in Europa hatte jemand*
> *ein altes Gemälde entdeckt.*
> Rex Stout »Die Lanzenschlange«

Das norwegische Spitzohr konnte einfach nicht einschlafen. Er wollte die letzte Chance zu einer ruhigen Inspektion der Holbein-Duchamp-Magritte-Trinität nicht ungenutzt vorüberschleichen lassen. Die fesselnden Werke allerersten Ranges standen jetzt nebeneinander auf dem persischen Teppich. Mit welchem sollte der kontemplative Rundgang beginnen? Spock entschloss sich zur Umkehrung der Chronologie.

Zu Magrittes Alpen-Katarakt mit Holmes und Hegel hatte er ja schon ausführlich referiert, eine Verbildlichung der geronnenen, ermordeten, erstochenen Zeit. In dieser Zeichnung des Wassers trat Magritte wohl in die Fußstapfen von Monet, des Wasserenthusiasten, der die besondere Gabe zur Wiedergabe der Transparenz, Beweglichkeit und des Luminösen des Wassers besaß, von Monet, des »wunderbarsten Auges seit es Maler gibt«, von Monet, der in der Natur gleich einem Detektiv die Spuren des Menschen zu finden suchte. »Die schöne Kunst hat das Selbstbewusstsein des freien Geistes, sie macht das Äußere zum Ausdruck dieses Selbstbewusstseins als einer inneren Form, die sich selbst äußert.« Vielleicht war dieser Edelstein der Malerei auch eine Adaptation von Repins famosem

Meerstück »Welch' Freiheit«, auf dem ebenfalls zwei Personen dem flüssigen Element trotzen und sich darin wohl und frei fühlen.

Was Spock noch auffiel, war die Ähnlichkeit zwischen Holmes und Hegel, die stechenden Augen, die konzentriert-intellektuelle Miene, man konnte den kleinen grauen Zellen beim Arbeiten zusehen. Beide Helden erschienen wie Doppelgänger, was an Magrittes Schaffensphase von 1925 bis 1927 erinnerte, in welcher der Künstler das Thema des Doppelgängers und der Familienähnlichkeit mehrfach behandelte, etwa mit »Die unendliche Dankbarkeit«, »Die verzauberte Pose«, »Der geheime Doppelgänger«, »Die zwei Schwestern, die Zwillingen glichen«, und »Der bedrohte Mörder«, auf dem die beiden Detektive fast gleich, jedenfalls wie Verwandte aussahen. Die Erscheinung einer Person erlangt nach Auffassung des Malers magische Ausstrahlungskraft, wenn ihr Spiegelbild sie begleitet, in ihrer bloßen Einzelheit vermag sie nicht ihre ganze Rätselhaftigkeit zu zeigen.

Auch beim Duchamp konnte Spock nur wenig Neues entdecken. Der Franzose schien völlig legitim Anleihen bei Johann Erdmann Hummels »Die Schachpartie« genommen zu haben. Auch Hummel spielte in diesem Werk äußerst virtuos mit verschiedenem Licht und Schatten im halbdunklen Zimmer. Der von Wolken halbverdeckter Mond späht durchs Fenster, rechterhand stehen auf einem Tischchen eine Lampe und Getränke, auf dem Schachtisch zwei brennende Kerzen, die auch links im Spiegel zusammen mit den beiden Kontrahenten, dem Archäologen Aloys Hirt und dem Maler Friedrich Bury, erscheinen. Vier schachkundige Zuschauer gruppieren sich um die 64 Felder, die die Welt bedeuten. Spock dachte an den schon in Arbeit befindlichen Aufsatz von Silvester über Schachdarstellungen in der Malerei. Ein Duchamp-Abschnitt könnte die Krönung dieser Abhandlung sein, die sich zunächst auf Schadows »Heinrich Beer als Kiebitz bei einem Schachkampf zwischen Hegel und Heinrich Heine«, auf Ilja Repins »Leo Tolstoi beim Schach« sowie auf zwei Werke Hummels bezog, »Die Schachpartie« und »Hegel und Friedrich Schlegel beim königlichen Spiel«.

Die humoristischen Verse von Friedrichs Bruder August Wilhelm Schlegel könnten neben der intellektuellen Streitsache auch auf den Kampf auf dem Schachbrett gemünzt sein:

Schlegel predigt gegen Hegel,
Für den Teufel schieb er Kegel.

Hegel spottet über Schlegel,
Sagt, er schwatzt' ohn' alle Regel.

Schlegel spannt der Mystik Segel;
Hegel faßt der Logik Flegel.

Kommt, ihr Deutschen, Kind und Kegel,
Von der Saar bis an den Pregel!

Schaut, wie Schlegel kämpft mit Hegel!
Schaut, wie Hegel kämpft mit Schlegel!

Nun auf diesen göttlichen 64 Feldern hatte offensichtlich die Hegelsche Logik über die Ironistik obsiegt, der Idealist konnte mit einer feinen Kombination den Romantiker in seine Schranken weisen. Diese Partie war zum ersten Mal in Arthur Pfotenhauers übler Schmähschrift »Tollwurz oder Hegel als Flegel der Philosophie« (1834) abgedruckt worden:

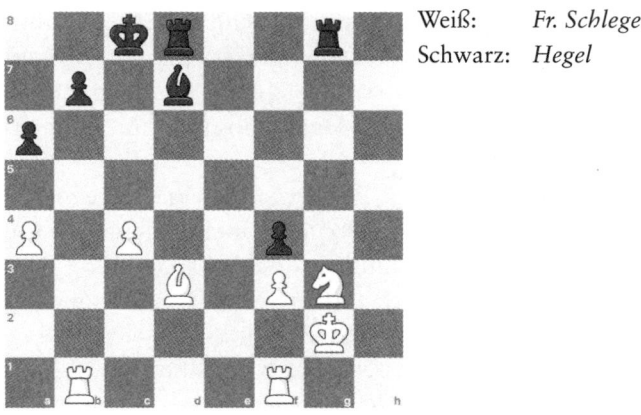

Weiß: *Fr. Schlegel*
Schwarz: *Hegel*

Letzter Zug von Weiß: 29. Sxg3, in Erwartung von 29... Txg3+ aber: 29... Lh3+! 30. Kh2, Txd3, 36. Tg1, Th8! Schlegel gab auf!

Den Schachmeister verglich Neverkühn stets mit dem Mathematiker, dem Philosophen und dem Komponisten, den »Hohepriestern des vermeintlich Unwesentlichen«. Die Schachspieler sind Leute, die »ihre Tage und Nächte mit dem Hin- und Herschieben kleiner geschnitzter Objekte auf einem quadratischen Brett verbrachten, in einer Art autistisch-verzückter Begeisterung«.

Und der geniale Dichter Nabokov hatte seinen Romanhelden Lushin genannt, wegen der Klangähnlichkeit mit dem englischen »illusion«, denn alles außerhalb des Schachs sei doch nur ein irrlichternder Traum.

Auf der Rückseite der auf dem Tisch befindlichen Schachuhr erkannte Spock jetzt noch eine winzige, aus der Uhr herausfahrende Lokomotive, wohl eine Anspielung auf Magrittes eigene Darstellung der vernichteten Zeit, auf die stillstehende, aus der Wand halb herausragende Lokomotive. Nur warum hatte der weiße Königsbauer bei Duchamp als einziger einen spitzen Kopf? Lola Bauerfreund schnappte ja ein ähnliches Wort bei der Auseinandersetzung im Monet-Clan auf, bezog aber »Bauer« auf ihren Nachnamen. Ging es vielleicht um den Duchamp und seine Schachbauern?

Ein schriftstellernder Thüringer, der in Langewiesen im Thüringer Wald geborene Wilhelm Heinse, hatte 1803 mit »Anastasia und das Schachspiel« eine poetische Schachreise nach Italien verfasst und war nicht nur, wie Spock, um das Gemälde eines Schachwettstreites gewandert oder besser gesagt: geschlichen.

Hatte Nabokov vielleicht wegen Heinse einen Italiener namens Turati als Lushin-Kontrahenten gewählt? Duchamp, der Mitautor eines Buches über Bauernendspiele war, galt ja als Anhänger des französischen Schachbauern-Bewunderers Philidor – zwei Franzosen als Apologeten des Bauern? Auch dies brachte die Lösung des Kriminalfalles wohl kaum voran, aber Spock hoffte unverdrossen auf eine Inspiration beim Anschauen der drei Bilder.

Aber auch der Holbein entzündete kein Hoffnungsfünklein in der kriminalisierenden Seele. Auch hier hatte Lola wohl ein Körnchen richtig aufgepickt, aber den »Bären« falsch gedeutet: es ging wohl um Arnos Hinweis auf den »Schwarzen Bären«. Der Fall war und blieb ein äußerst kniffliges Rätsel.

* * *

Der Stubenluchs streckte sich zur Entspannung und sah, oh Wunder, jetzt aus den Augenwinkeln heraus, aus der jetzt gegebenen Anamorphose, aus der Katzenperspektive, eine in der üblichen Sichtweise verborgene Figur auf dem Bild. Bei dieser für die Kunsthistoriker wohl bislang unbekannten spezifischen Felidae-Perspektive muss die Samtpfote genau links neben dem auf gleicher Höhe befindlichen Gemälde liegen und den Katzenkopf exakt 45 Grad nach rechts drehen, dann offenbart sich das Versteckte, der Perspektivenwechsel öffnet den Blick auf das absichtlich Verborgene.

Der einzigartige Katzenfreund Leonardo hatte wahrscheinlich schon mit diesem Trick experimentiert. Diese Katzen-Perspektive zeigte Spock jetzt einen Doppelgänger des Papstes, allerdings mit Pferdefuß und zwei Hörnern, welch Duett, der Papst und der Teufel; das Böse hatte Holbein geschickt versteckt.

Gottlob-Poirot war total bestürzt, der Papst ähnlich dem Satan, das konnten sich nur Zweibeiner ausdenken! Ihm, dem Katzenkardinal, hatte der Teufel doch erst vor drei Wochen begründete Zweifel an seine eigene satanische Existenz vorgetragen. Und dieser Luther hatte dem Beelzebub doch auf Thüringens Wartburg mit einem Tintenfass(!) den Garaus gemacht.

Der Duchamp führte einen weiteren Bauern mit Spitzkopf als regelwidrigen neunten Bauern des Spiels vor die Luchs-Augen. Und tatsächlich offenbarte auch der Magritte ein Vexierbild, einem dem guten Sherlock Holmes Oberbösewicht Professor Moriarty sehr ähnlichen hinter einer Welle des Reichenbachfalls – ein schrilles, ins Mark gehendes Miauen durchschauerte das Haus.

Poirot erwachte sofort und stürzte wie ein Wasserfall zu Spock hinunter. Als er den Grund des eines Edward Munch würdigen norwegischen Schreies erkannte, biss er sich vor Erschütterung und Enttäuschung über sich selbst in den Schwanz. Er als Kunstexperte hätte doch an das Vexierspiel denken müssen, wenigstens bei Holbein. »Herr, warum strafst Du mich so?

Wahrscheinlich weil ich die Lutheraner und die Heiden nicht streng genug herangenommen habe. Ich werde Buße tun! Teufel nochmal!«

Drei oder Vier?

War die Katzen-Anamorphose, das Katzen-Vexierspiel der entscheidende Fingerzeig für die Detektive? Poirot und Spock waren davon überzeugt, benötigten jetzt aber Entspannung und gingen zum Kratzbaum, um den gewaltigen Stress abperlen zu lassen, ihn abzukratzen. Man wandelte nicht mehr auf Holzwegen, eine wichtige Spur auf den Mauswegen im schwarzen Wald, eine Lichtung im Dickicht des Verbrechens war gefunden.

Spock räsonierte sofort über die Bedeutung der Zahl Drei bzw. Neun: »Die Neun ist Ausdruck der neun Leben der Katze, die dreifache Triade, die Steigerung der Dreiheit als dem Grundprinzip des Kätzischen, aller guten Dinge sind drei. Der Volksmund spricht beim guten Gelingen einer Sache: ›Alle Neune!‹ Neun Planeten umkreisen die Sonne, die alten Griechen hatten neun Musen, die Buddhisten sehen in der Neun die höchste spirituelle Zahl, neun Drachen bewachen den Thron des chinesischen Kaisers, dessen Halle von neun Säulen getragen wird, Neunauge und Neuntöter sind aus dem Tierreich bekannt, im Jahr 9 u. Z. fand eine historische Schlacht der Zweibeiner in germanischen Wäldern statt. Plotin hinterließ, wie Du lieber Gottlob viel besser weißt als ich, ein neunbändiges Werk und über Beethovens Neunte brauche ich wohl nicht erst reden. Und nun pinselte der gute Duchamp einen neunten Bauern aufs Schachbrett!«

»Nun, lieber Freund Spock, als Anhänger der Vierpfötigkeit, der Quaternität, darf ich darauf verweisen, dass es vier Evangelien, vier Erzengel, vier Kirchenväter sowie vier Flüsse im Paradies gibt. Die Buddhisten verehren vier grenzenlose Wünsche und vier heilige Flüsse. Der brahmanische Gott ist viergestaltig. Bei den Ägyptern ruht der Himmel auf vier Säulen. Und außerdem ist die Neun die Zahl des Satans – Dantes Hölle besitzt neun Kreise.«

»Ja, Gottlob, und der Reiter der Apokalypse sind ihrer vier!«

Nach diesem leichten Geplänkel schlummerten beide Samtpfoten schnell ein.

Laurenz Silvesters nächtliches Date mit Carole Anne

Carole Anne fühlte sich von Silvesters Einladung zu einem Glas Bricco dell'Ucellone, dem köstlichsten Tropfen aus dem Piemont, höchst geehrt. Richard Jury hatte ihr als Partnerin keine Chance gegeben, sofern Martha Grimes nicht doch geschummelt hatte. Mit ihrem starken englischen Akzent und dem holpernden, aber wohlklingenden Deutsch erkundigt sie sich – sic! – sofort nach Clair Plant, der aufstrebenden Professorin mit vielversprechender akademischer Zukunft. Carole Anne kannte Clair von ihren Besuchen auf dem Adelssitz von Melrose Plant in Long Piddleton und sah in der wunderschönen Nichte von Melrose eine Konkurrentin, ja war brennend eifersüchtig auf sie. Dieses Feuer loderte weiter auf, als Silvester über Clair in den charmantesten Tönen sprach – deeply impressed – und gar seinen Palermo-Traum erzählte.

»Ich bin doch kein Twin von Clair, nicht ihr Lookalike, nicht ihr Double«, rief Carole Anne in einem Anflug von Enttäuschung und Empörung. Da fiel auch bei Silvester endlich der Groschen, cherzes la femme! Suche die feurige Frau und Du findest den zündenden Funken! Silvester entschuldigte sich sofort und in aller Form bei der bildhübschen Londoner Lady und lud sie zu einer gemeinsamen Reise in das im Monferrato gelegene malerische Moncalvo ein, mit Teilnahme an einem Treffen der einflussreichsten Connaisseurs und an einer exquisiten Weinverkostung in der riesenhaften und geheimnisumwitterten Burgruine Cereseto. Carole Anne war völlig hingerissen und dankte Silvester mit einem innig-wilden Kuss, der gar nicht lange genug dauern konnte und ihm seine detektivische Erleuchtung zunächst völlig vergessen ließ.

17. Juli

Die Stille vor dem Hurrikan

Über den Wipfeln und in den
Paradiesen ist Ruh

Das Heikle des morgendlichen Telefonats mit Geiger war Silvester sonnenklar. Der Kommissar näherte sich einem Tobsuchtsanfall als er vernahm, dass man drei außerordentlich kostbare Gemälde »gefunden« und ins Haus Baker Street gebracht hatte. Da half auch der Hinweis auf die größtmöglichen Sicherheitsvorkehrungen und auf den kompetenten Beschützer, Scotland Yard-Star Richard Jury, wenig. Einbruch, schwerer Kunstraub sowie illegale Zurückhaltung von Beweismitteln bilden Kapitaldelikte, so der polternde Geiger. Aber nachdem Silvester ihm Andeutungen über die baldige Lösung in Sachen des Doppelmords gab und versicherte, dass schon für morgen eine Pressekonferenz stattfinden und der Kommissar seine(!) Aufklärung des Falles der Öffentlichkeit präsentieren könne, trat schlagartig Beruhigung ein. Vorher wären aber noch einige Recherchen durch das Geiger-Team erforderlich, um die Beweisführung wasserdicht zu machen. Der Showdown, das Offenlegen aller Karten würde dann am morgigen Tag um 12.00 Uhr unter geschätzter und entscheidender Mitwirkung des Kommissars im Haus Baker Street stattfinden, ähnlich wie in Nero Wolfes Residenz in Manhattan üblich, diesmal sogar unter Video-Beobachtung seitens Mr. Wolfe höchstselbst.

Die Kunstwerke müssten sofort in die öffentlichen Hände der zuständigen Behörden, dies forderte der Kommissar mit Kasernenton – er würde dies unverzüglich veranlassen. Als er jedoch von der Anwesenheit von Carole Anne erfuhr, war er wieder besänftigt und ganz zahm, schließlich hatte er Loblieder über die bezaubernde Dame aus London gehört.

Dieser 17. Juli könnte die berühmte Ruhe vor dem Sturm sein, noch gab es eine ›Glorreiche Sieben‹ von Verdächtigen. Diese Sieben waren nicht mit einem Streich zu überführen, der Wolf(e) wartete noch geduldig auf eines der sieben Geißlein. Ein Tag der Gelassenheit, der Muße brach an, aber die einlullende Meeresstille konnte sich sogleich in einen Katrina ähnlichen Hurrikan wandeln, mit dem Bösen würde man aber wahrscheinlich erst am kommenden Tag zusammenprallen. Es herrschte gespannte Entspannung, ein innehaltendes, seelisches Sammeln, verbunden mit einer gründlichen Rekapitulation des bislang Geschehenen und dem Warten auf die mögliche Bestätigung des Verdachts. Die noch im Dunklen Tappenden sahen sich auf die sprichwörtliche Folter gespannt.

An diesem prächtigen Juli-Morgen »ging mit der Sonne zugleich die Erde auf, man watete durch den nassen Glanz und Nebelduft und zerriss die um Blütenzweige hängenden Perlenschnüre aus Spinnweben. Die Sonne stand als Königin der Bühne auf dem Gebirge und schaute dem Herunterbrennen des bunten Schleiers zu, dessen flatternde, glimmende Zunderflocken die Morgenlüfte über die Blumen und Gärten verwehten und streuten. Endlich glänzte nichts mehr als die Sonne, von nichts als dem Himmel umgeben. Der Geschmückte Sonnentempel des Tages hatte über die kühle Höhle der Nacht triumphiert«. Nach diesem Morgenspruch von Jean Paul verließen die Helden das

Haus Baker Street. Die Vorhaben der einzelnen Gäste für diesen mehr oder weniger freien Tag schnupperten so verschieden wie Mäusedreck und Lavendel.

Spock, Poirot und Sokrates brachen mit Madame Boerne zu einer Waldwanderung auf, der Waldmann Spock wollte frischen Waldmeister ernten und die morgenfrische Waldesluft in großen Portionen aufschnappen. Poirot frohlockte und segnete den deutschen Wald, den er in Italien doch sehr vermisste. Sokrates und die Madame harrten der guten Gespräche mit den beiden gelehrten Katern, hofften auf kühne Luftsprünge der Phantasie und kühne Tauchgänge zu Tief- und Scharfsinn. Auch Nero Wolfe holte sich bekanntlich seine Entspannung und die Kraft für seine detektivischen Inspirationen in der Flora auf dem Dach seines Hauses, bei seinen Orchideen. Einige dieser ungewöhnlich geformten und gefärbten Gewächse könnten mit etwas Glück vielleicht auch bei diesem Katzenausflug bewundert werden, denn das Leutratal beherbergte auf seinen Muschelkalkhängen über 20 Orchideenarten, die phantasievolle Namen wie Helm- und Brand-Knabenkraut, Bocks-Riemenzunge, Fliegen-Ragwurz, Weißes und Rotes Waldvögelein tragen. Kardinal Poirot schwärmte vom Purpurknabenkraut, Spock von der Weißen und Grünlichen Waldhyazinthe und Madame Boerne vom Frauenschuh, der schönsten wilden Orchidee Europas. Und tatsächlich gelang es Spock mit seiner Carl-Zeiss-Kamera einige wunderbare Fotos für Nero Wolfe zu schießen – vielleicht könnte man ihn damit mal nach Jena locken.

Carole Anne und Laurenz turtelten durchs Jenaer Paradies. Dies entsprach ihrer besonders ausgelassenen Stimmungslage, das Flanieren an der schönen blauen Saale und dann der Aufstieg zu den Kalksteinhängen und der wunderlichen Burgruine der Lobdeburg. Der

Weg »schien ihren frohen Herzen ein durch einen Lustwald gehauener Gang zu sein, um sie hatte sich der Sommer gelagert, seine Schätze von Blumen waren über die Wiesen hingeschüttet und schwammen die Bäche hinab, die Vögel wurden an langen Sonnenstrahlen aufgezogen, und die geflügelte Welt hing taumelnd im ausgegoßnen Wohlgeruch«. Das Verbrechen ließen Carole Ann und Laurenz im Tal zurück. Es wanderten da zwar keine Engel, aber die Schönheit und der Juli zeigten sich von ihrer allerbesten Seite. Die London-Lady glich in ihrem wenig verbergenden Sommer-Outfit einer Frauenschuh-Orchidee, sah umwerfend und unwiderstehlich aus, besonderer Blickfang das auf ihrem Bäuchlein zu bestaunende Tattoo einer Katze. Cyrus? Der Genießer hatte wohl öfters dort zwischen den Rocky Mountains und dem Bermuda-Dreieck geruht. Ob sie wohl wieder von der Saale zur Themse wechseln möchte? Vielleicht geht sie doch im zaubergrünen Thüringischen vor Anker, ihre jetzt sonnenhaften Augen sprachen dafür.

Neverkühn führte Jury und Nostaw durch das benachbarte Weimar, wandelnd auf den Spuren von Goethe, Schiller, Liszt, Nietzsche und Thomas von der Trave, dessen »Lotte in Weimar« der nihilistische Rabe aus Kaisersaschern fast auswendig kannte und penetrant zitierte. Als Gegenleistung sprang für die Insulaner immerhin eine Einladung zum köstlichen Mahl in dem durch Lotte berühmt gewordenen Hotel »Zum Elephanten« heraus. Ähnlich dem Pilgern nach Mekka dann der Gang durch den Ilmpark zu Goethes Gartenhaus, zurück zum Goethe und Schiller vor dem Theater und zu den Wirkungsorten von Franz Liszt, die dem Tonsetzer aus Kaisersaschern besonders am Herzen lagen. Am Tag nach der Aufklärung des Falles würde Neverkühn die Herren von der Insel zum Kickelhahn in das mitten im herrlichen Thüringer Wald, dem grünen Herz Deutschlands, gelegene Ilmenau begleiten, wo Goethe sein »Über allen Gipfeln ist Ruh« in die Holzwand einer Wanderhütte eingeritzt hatte. Darin sah Neverkühn die geniale poetische Fassung der Ruhe, der Schweigestille, die nach der Aufklärung der Bluttaten angemessen sei.

Nach der Rückkehr am Abend, die drei Millionengemälde waren inzwischen von einer Sondereinheit der Polizei abgeholt worden, vermeldete Geiger aufschlussreiche Botschaften, welche den Spock-Silvester-Verdacht erhärteten. Gemäß den Empfehlungen aus dem Hause Baker Street waren ausgewählte Verdächtige nochmals gründlich in die Mangel genommen worden.

Ebenfalls Neues ans Licht brachte Cyrus' erneute Recherche über den internationalen Kunstraub. Trotzdem wollten Norweger und Thüringer Entscheidendes keinesfalls vor dem Mittag des kommenden Tages offenlegen und die anderen Kriminalisierer gönnten ihnen den großen Auftritt. Auch sollten die Gäste wie die Leser dieser Geschichte ihre kleinen grauen Zellen in Gang bringen, das Neuronenfeuer entfachen und möglichst selbst das Geheimnis lüften.

Der Abend hatte sich katzenhaft hereingeschlichen, die »Sonne löste sich über der grünen Welt in Farben auf. Die tiefe Goldgrube einer Abendwolke tropfte unter dem nahen Sonnenfeuer aus dem Äther auf die nächsten Hügel, und das umherirrende Abendgold hing durchsichtig an den gelbgrünen Knospen und an den weißroten Gipfeln, und ein unermesslicher Rauch wie von einem Altare trug spielend einen unbekannten Zauber-Widerschein und flüssige, durchsichtige, entfernte Farben um die Berge, und die glückliche Erde schien die herunterfallende Sonne widerscheinend aufzufassen und die Nacht zog aus den Wäldern«.

So begab man sich mit Jean Paul zu recht früher Nachtruhe, in gespannter Vorfreude auf den Wolfe-Showdown, zelebriert von Spock und Silvester.

18. Juli

Showdown mit Nero Wolfe

12 Uhr mittags

Meine Herren, Mr. Wolfe sagt, die Sache geht in Ordnung. Wir sollen um 12 Uhr bei ihm sein.
Rex Stout »Gast im dritten Stock«

Wie bei Nero Wolfe und im Oscar-Western »High noon« war das Finale für 12.00 Uhr mittags vereinbart. Geiger hatte die »sieben verdächtigen Schwaben« zum Ortstermin, der detektivischen Symbiose von Raum und Zeit, vorgeladen, allerdings nicht zum Tat-, sondern zum Detektivort, ins Haus Baker Street, wo das Endspiel stattfinden würde. Dort fieberten das Syndi-Cat der Vierbeiner und der Detektion-Club der Zweibeiner dem dramatischen Höhepunkt, dem ultimativen Kampf der Kontrahenten entgegen.

Das Ensemble der Verdächtigen war eingetroffen und wurde in der Bibliothek von Neverkühn auf die Stühle platziert: Anja und Clair, dann Nostaw und Schlechter, schließlich Monetti, Kliemann und Sekretärin Lola Bauerfreund.

Ihnen gegenüber saß Silvester hinter einem Tisch, auf dem Mr. Spock thronte, jetzt ganz Majestät, den Schwanz elegant um die Pfoten geschwungen, die Augen im Jagdfieber wie schmale Streifen. Er war ganz Aufmerksamkeit und Konzentration, Luchs, Löwe und Tiger in einem. Rechts und links im Raum postierten sich Geiger, Neverkühn und Jury. Vor der Tür wachten weitere Geiger-Leute.

Es trat die sprichwörtliche Ruhe vor dem Sturm der Aufklärung und dem Demaskieren des Mörders ein. Neverkühn bot den Versammelten Getränke an, Nostaw wählte einen Whiskey Glenfiddich, Monet ein Kölsch, Clair ein Glas Weißwein »Cröver Nacktarsch«, Carole Anne und Laurenz einen Nebbiolo, Lola die übliche Cherry Cola, Frank Schlechter ein Radeberger Bier aus Sachsen, der Trojaner einen griechischen Rotwein, Geiger ein Ginger Ale, Richard Jury schließlich ein Köstritzer Schwarzbier, das sogar in »The Castle« in Cambridge gezapft wurde. Dort hatte der Star-Ermittler dieses thüringische Getränk zum ersten Mal gekostet und für ausgezeichnet befunden. Für die Katzenschaft waren Wasser- und Milchschälchen bereitgestellt. Es gab Bosco, das Waldmeister-Getränk für Mr. Spock und Poirot, ganz leichtes Bier für Madame Boerne, die ein wenig Alkohol mochte und Wasser aus der Regentonne für Sokrates. Dazu wurden lukullische Köstlichkeiten gereicht, für die Zweibeiner Amaretti aus dem piemontesischen Mombaruzzo, Panna Cotta mit fein geriebenen Haselnüssen, englische Kekse und amerikanische Muffins, für die Vierbeiner kleine Stückchen Fleisch von Rind und Lamm, außerdem Thunfischhäppchen.

In dieser spannungsgeladenen Atmosphäre schenkten die Anwesenden ihre Aufmerksamkeit besonders den Kostbarkeiten der Bibliothek des Professore. Da war zunächst die beachtliche Sammlung von Detektivgeschichten, die berühmtesten Spürnasen schienen im Raum voll präsent zu sein: Miss Marple harrte beim Stricken der kommenden Dinge; Gervase Fen war beim Durchstöbern der Buchregale, wohl auf der Suche nach seinen Romanen; Thomas Lynley stritt sich mit Barbara Havers; Philip Marlowe und Sam Spade bedienten sich heimlich bei den hochprozentigen Flüssigkeiten;

Lord Peter Wimsey telefonierte mit seiner geliebten Harriet Vane; Maigret nahm einen Absinth; Lewis und Hathaway flüsterten sich verschwörerisch etwas zu; Hercule Poirot zwirbelte seinen kunstvollen Schnurrbart; Gideon Fell räusperte sich und ließ sein berüchtigtes »Hrmpff« vernehmen; Mr. Spock und Laurenz Silvester debattierten über Hegel und das Prinzip der Vierpfotigkeit; Sherlock Holmes saß ganz entspannt und rauchte ein Pfeifchen.

Murillo und Magritte

Ebenso richteten sich die Blicke auf die Gemälde an der Wand, auf einen Murillo und einen Magritte, deren Echtheit allerdings offen blieb. Das links hängende Werk »Bauernkinder mit Katze« gehörte vermutlich zu den berühmten »Kinderbildern« des Bartolomé Esteban Murillo aus der »Goldenen Zeit« der spanischen Malkunst. Bekannt aus dieser Serie waren beispielsweise »Mädchen mit Früchten«, »Kinder beim Würfelspiel«, »Bettlerjunge«, »Trauben und Melonenesser« oder »Kinder beim Geldzählen«. Man sah »geistige Heiterkeit, frische, aufgeweckte Freiheit und Lebendigkeit in der Darstellung«, eine in den Antlitzen der Kinder sich zeigende Lebenslust, Zufriedenheit und Seligkeit.

Diese Einschätzung traf exakt auch auf den im Haus Baker Street hängenden Murillo zu: zwei arme Bauernkinder, Mädchen und Junge, sitzen vor einem Wagen und verkaufen wunderschöne, unter spanischer Sonne gereifte Tomaten und Pfirsiche. Die leuchtenden Farben der Früchte ließen jedem Betrachter das Wasser im Munde zusammenlaufen, man mochte sogleich in die Früchte hineinbeißen. Seine Krönung fand das Meisterstück allerdings in der neben dem Bauernmädchen ganz in völliger Seelenruhe ausgestreckt liegenden braungestromten Katze, die in ihrer Pracht ebenso einem Katzen-Gotte glich, sowie in der rechts zu sehenden Selbstdarstellung des Malers mit Staffelei und Leinwand, auf der die gleiche Szene nochmals zu sehen war, wiederum mit Künstler und Leinwand und so fort bis hin zur Winzigkeit und Unsichtbarkeit – faszinierend!

Der Magritte zeigte einen verschmitzt schauenden Rex Stout, den Schöpfer von Nero Wolfe, sitzend in dem für ihn zu grossen Sessel von Nero, mit der Bildunterschrift: »Ich bin kein Detektiv!« Über dem Schreibtisch des Krimiautors schwebte eine prachtvolle Sammlung von Töpfen mit den schönsten Orchideen, eine Referenz an den Orchideenzüchter Wolfe. Das im Hintergrund zu sehende Regal versammelte Erzählungen von Edgar Allan Poe, Wilkie Collins' »Der Mondstein«, die genialen Stories von Dashiell Hammett und S. S. van Dine, aus denen reißende Ströme von rotem Blut flossen. Neben einem Band mit dem Titel »Mord ist mein Hobby« entsprangen in puppenhafter Miniaturausgabe ein schmunzelnder Edgar Allan Poe mit seinem schwarzen Kater Plato. Der per Video zugeschaltete Nero Wolfe brach nach dem Anschauen dieses Gemäldes in einen für ihn völlig untypischen wahren Begeisterungssturm aus: »Unbelievable! Wonderful! Great! – A keystone of modern art! Magritte is the true King!«

Schlachtenbummler

Neben Wolfe, dem Urheber eines solchen Endkampfes auf dem Terrain des Kriminalisierens, waren zum Showdown weitere unbestrittene Kapazitäten Augen- und Ohrenzeugen anwesend: Wachtmeister und Dorfsheriff Horst Krausse aus Brandenburg, angereist auf MZ-Motorrad nebst Beiwagen, mit DDR-Sturzhelm, aber ohne Hund, denn solche knechtisch-hündischen Vierbeiner wurden im Hause Baker Street nicht geduldet, man wollte ja schließlich nicht auf den Hund kommen. Über den Bildschirm schauten der Hobbyermittler Melrose Plant aus Long Piddleton und der Starregisseur Steven Katzberg zu. Letzterer hatte für die Verfilmung der Story »Mr. Spock und der malerische Doppelmord zu Jena« seine Schauspielercrew schon größtenteils zusammengestellt: Für den Part des Schotten Nostaw natürlich Jean Connesy, für die Rolle des Nero Wolfe soll Krause engagiert werden. Der über den dafür erforderlichen Leibesumfang verfügende Krausse würde für seine Wolfe-Darstellung den Oscar für die beste Nebenrolle erhalten, da war Katzberg ganz sicher, bereits für »Schulze get's the blues« hätte er diesen Preis ja verdient. Sehr brisant: Carole Anne hätte vielleicht Chancen Clair darzustellen, was sie aber im Innersten zerreißen musste. Anstelle von Jennifer Anniston unter Katzberg schauspielern, ein Traumangebot, aber eben die ungeliebte Rolle der Clair Plant. Diese Sumpfkröte musste sie wohl schlucken, schließlich winkte Hollywood. Mr. Spock würde sich natürlich selbst spielen, dies galt ebenso für das gesamte andere Katzenteam. Armin Müller-Steel war für die Rolle des Silvester, Peter Ustinov für die des Neverkühn vorgemerkt. Der Air Force One-Pilot Harrison Fjord sollte Richard Jury mimen, der Part von Tintenfass sollte an den im Leben der Anderen schnüffelnden Ulrich Mühle gehen, der von Monetti an den ach so professoralen Jan Josef Leifers. Den Geiger könnte Kurt Möwe geben, bekannt als Hauptdarsteller des im thüringischen Katzenwallfahrtsort Steinach spielenden Filmklassikers »Der nackte Kater auf dem Sportplatz.«

Die Szene wird zum Tribunal

Mit Schlag 12 der Schillerschen Glocke setzte die von Neverkühn ausgewählte Musik ein, zuerst Morricones Titelmelodie zum »Lied vom Tod« und dann »Don't forsake me«. Vor den geistigen Augen der Beteiligten erschienen Charles Bronson und Gary Cooper, wie sie die Bösewichter zur Strecke bringen. Geiger riss aber sogleich alle Anwesenden aus der Western-Stimmung heraus, schwang sich auf sein Amtsross und erklärte mit gewichtiger Stimme, dass er nicht nur eine Institution des Rechtsstaates repräsentiere, sondern auch als Polizist stets dein Freund und Helfer wäre, das hatte er früher so gelernt. Danach verteilte er mit gewichtiger Gönnermiene die Sterne für die Hilfssheriffs Richard Jury und Horst Krausse, ein wahrhaftig mächtiggewaltiges Duett von Kämpfern gegen das Unrecht. Danach erteilte Geiger Silvester das Wort.

Ganz in der Pose von Nero Wolfe feuerte jener zuerst mit Schiller: »Verehrte Anwesende, ›die Szene wird jetzt zum detektivischen Tribunal!‹ Diese Zusammenkunft erfolgt aus ernstem Anlass, Mord ist kein Panna Cotta-Schlecken! Jeder der Verdächtigen wird nochmals befragt, es kommen durchaus unangenehme Tatsachen ans Licht, einige der Kellerleichen werden wieder auferstehen und herumgeistern. Dies bleibt unvermeidbar, aber Mr. Spock und ich werden alles nicht unbedingt Erforderliche mit aller gebotenen Diskretion unter diesen Tisch fallen lassen. Um Geduld, Contenance und Mäßigung bitte ich schon im Voraus! Aber vergessen Sie nicht: Der oder die Mörder sind unter uns! Bleiben Sie bitte bei der Wahrheit! Mr. Spock und ich wollen das Rätsel lösen, den oder die Mörder entlarven!«

Mr. Spock klopfte mit seiner rechten Pfote auf das aus norwegischen Wäldern stammende Holz. »Dies hier ist kein Katzentisch, von ihm aus wird der Gerechtigkeit zum Erfolg verholfen und eine neue Ära des Detektivismus eingeläutet. Dieses Möbel ähnelt der wunderbaren Sitzgelegenheit des Detektivs aller Detektive, Nero Wolfe, den ich hiermit ganz persönlich und herzlich als Zuschauer begrüßen darf, wie meine ebenfalls heute aus der Ferne teilhabenden Freunde, den Kopf von Scotland Yard, Kater Cyrus aus London, und das amerikanische Katzen-Superhirn Uncle Abe vom CSI! Ebenso den Jury-Freund Melrose Plant und natürlich den Indiana-Cat-Regisseur Steven Katzberg, dem ich für das Rollenangebot in der Verfilmung des Doppelmordes danke! Ich werde darin Mr. Spock spielen, so wahr meine Ohren spitz sind! Aber jetzt beginnt mit Samuel Becketts Worten das Endgame! Fin de Partie! Silvester und ich werden jetzt die Befragung beginnen, die Katzen rennen nicht mehr um den heißen Brei herum, das Finale der Mausejagd ist eröffnet!«

Der Bella Donna-Mord

»Arno Landner wurde am 14. Juli kurz nach der Klausurtagung so zwischen 16.30 und 17.30 Uhr mit Bella Donna vergiftet.« Mit dieser lapidaren Feststellung begann Silvester seine Befragung. »Da sich die Klausurteilnehmer ab 17.00 Uhr zum kleinen Umtrunk eingefunden hatten, verkleinert sich das Zeitfenster für die Tat auf 16.30 bis 17.00 Uhr. Es konnte weitgehend ausgeschlossen werden, dass andere Personen von außen ins Gebäude gelangten. Die aufgefundene fast leere Weinflasche wie auch ein zweites Glas enthielten keine toxischen Reste, nur in Arnos Glas wurde die hochgiftige ›schöne Frau‹ nachgewiesen. Mörder oder Mörderin haben wohl unbemerkt die todbringende Flüssigkeit direkt ins Glas des Opfers geschüttet. Am Beginn der Pause gegen 16.30 Uhr sahen Anja Fürstlein und Frank Schlechter Arno mit zwei Gläsern in der Hand aus der Küche kommen, wahrscheinlich wollte er auf seinen Jahrhundertfund anstoßen.

Motive und Möglichkeiten für die Tat möchte ich jetzt mit den Verdächtigen im Einzelnen durchgehen. Alle Sieben standen in tiefer Abneigung oder Hass zum Mordopfer, für jeden stand sehr viel auf dem Spiel. Eine umfangreiche Palette von Tatmotiven kann festgehalten werden: Erpressung, Habgier, übersteigerter Ehrgeiz und Geltungssucht, Bedrohung der beruflichen Reputation, unbarmherzige Konkurrenz, tödliche Beleidigung, Angst vor dem Ruchbarwerden von Geheimnissen und amourösen Affären, Angst um Partnerschaften und um die Karriere, Vergeltung für Nötigungs- und Vergewaltigungsversuche, Rache für die Zerstörung persönlicher Beziehungen, Menschliches, Allzumenschliches ... In Referenz an Commissario Lett beginne ich gemäß akademischen Hierarchie mit dem Direktor des Institutes Professor Franz Monetti.

Verehrter Herr Kollege, würden Sie uns bitte nochmals darstellen, was Arno Ihnen über die von ihm gefundenen Gemälde mitgeteilt hat?«

»Mein Mitarbeiter informierte mich über den Cranach und den Duchamp, lieferte eine kurze Beschreibung der Werke, die beide in Bezug auf Jena stehen – Luther und der Papst im Schwarzen Bären sowie Schachpartie zwischen Duchamp und Lasker im Volkshaus. Mehr war nicht zu erfahren, auch kein Hinweis auf den Aufbewahrungsort der Gemälde, trotz dringlicher Aufforderung. Am Tag nach dem Mord erfuhr ich von Herrn Aufdenblatten von einem Zettel mit der handschriftlichen Notiz von Arno, dass Cr. und D., also Cranach und Duchamp, im Hause gut versteckt seien.«

»Ihr Verhältnis zu Arno, geschätzter Kollege, war wohl in letzter Zeit nicht mehr ungetrübt, ihr Assistent sei öfters keck und aufsässig aufgetreten, wollte die ›gemeinsamen‹ Publikationen beenden und Sie seien verständlicherweise darüber gar nicht amüsiert gewesen. Gab es an Arno eine Offerte von Kollegen Kliemann, als Rechercheur in dessen Forschungsprojekt zu wechseln?«

»Dies sind sicher meistenteils Gerüchte oder üble Nachreden. Wie Sie alle wissen, war die Fama, das Gerücht, schon für die alten Griechen die Tochter der Verleumdung, schärfer als ein Schwert und schneller als der Wind. Sie verschwindet nie ganz, sobald sie von der Menge großgeredet wird. Vor einigen Tagen habe ich mit meinem Mitarbeiter noch den Antrag für das Millionen-Projekt und die anvisierte vorzügliche Ausstattung seiner Stelle besprochen, in völligem Einvernehmen! Mit diesem Vorhaben wäre Arno der internationale Durchbruch in der kunsthistorischen Forschung gelungen. Noch kurz vor seinem Tode soll er ja im Flur gegenüber Herrn Dr. Schlechter unmissverständlich auf die bald platzende Mega-Bombe hingewiesen haben. Auf jeden Fall wurde mein Alibi von Herrn Aufdenblatten und Frau Bauerfreund bestätigt.«

Silvester wendete seinen Blick zu Lola Bauerfreund: »Du, liebe Lola, hast ausgesagt, dass sich Professor Monetti und Privatdozent Aufdenblatten zwischen 16.30 und 17.00 Uhr ständig im Direktorenzimmer aufhielten. Als Du nur kurz für drei bis vier Minuten das Vorzimmer verlassen hast, war Frau Fürstlein dort und half bei der Vorbereitung der kleinen Speisen. Sie gab an, dass die beiden Herren das Zimmer nicht verlassen haben. Trifft dies alles so zu?«

»Ja, voll und ganz! Als ich auf Bitte von Professor Monetti Mineralwasser kredenzte, sucht der Herr Professor gerade etwas im Schrank, lächelte dann und bedankte sich. Tintenfass stand vor einer neben dem Fenster hängenden Zeichnung, die er für echt zu halten schien. Aber man war nicht sicher, ob es ein Original von Signac war.«

Hier unterbrach Silvester und fragte Professor Monetti danach, der kundgab, dass es nicht feststand, ob echt oder nicht echt – eher wohl nicht. Dann fuhr Silvester fort:

»Hat Dir Arno von den zwei Gemälden erzählt? Hat er über das Versteck gesprochen? Stimmt es, dass er ohne Ankündigung die Beziehung beendet und Dich dann schwer gekränkt und beleidigt hat und dass Du Hass empfunden hast?«

»Ja, ich wünschte ihn tot, aber ich habe ihn nicht getötet. Über die Bilder hat er nur gesagt, dass sie eine Sensation seien und mit Jena zu tun haben.«

Kliemanns Doktorandin Anja Fürstlein bekräftigte die Angaben der Sekretärin nachdrücklich:

»Nur höchstens 5 Minuten war Lola auf der Toilette, neues Make up und Lippenstift lieferten den sichtbaren Beweis hierfür. Sie hätte in dieser Zeit niemals mit Arno Wein trinken und ihn vergiften können. Ich selbst habe für die ›gefährliche‹ Zeit kein Alibi, aber Motive zuhauf, wie Sie, lieber Professor Silvester genau wissen.«

Der Angesprochene musste dies bejahen, Arno hatte Gerüchte über ein Plagiat und über eine pikante Affäre gestreut und war wohl ein gewichtiger Konkurrent im Poker um die Millionen von Forschungsgeldern. Aus solch Verzweiflung war schon mancher Mord erwachsen.

Der Impressionismus-Spezialist Professor Heinrich Kliemann räumte die erheblichen Spannungen mit dem Institutsdirektor ein:

»Natürlich konkurrieren wir hart um Fördermittel bei der in New York ansässigen renommierten und finanzkräftigen Katzenheim-Stiftung. Mehrmals probierte ich, Arno für mein Projekt zu gewinnen, natürlich immer zu dessen Vorteil. Andererseits verfügte Arno über heikle Informationen, an deren Geheimhaltung mir sehr viel lag und liegt. Mein Motiv war zweifelsohne stark und niemand konnte attestieren, dass ich mein Dienstzimmer nicht verlassen hatte.«

Silvester fragte weiter nach Arnos Entscheidung in Sachen Abwerbung.

»Der blöde und übergeschnappte Landner hat erst zugestimmt und sich später über mein Angebot lustig gemacht: ›Statt Ihrer lausigen Pfennige erwarte ich jetzt bald Millionen von Dollar!‹ Die Tötung dieser Ratte war wohl doch eine nützliche Tat, nur kümmere ich mich ausschließlich um das Nutzlose, um die Kunst!«

»Lieber Gideon«, so Silvester zu seinem Freund, »auch Dich alter Schotte muss ich unparteiisch befragen, was mir wie bei den anderen engen Vertrauten sehr schwer fällt. Wir wissen aus Deinem Munde, dass Arno ein Problem aus Deiner Vergangenheit kannte und daraus zusammen mit Tintenfass eine Druck- und Drohkulisse aufbaute, ein Problem, das aus Deiner Sicht für Deine Reputation als Forscher enormes Gewicht besitzt.«

»Ja, lieber Freund Laurenz, Du hast Recht! Nicht nur wegen Arnos Hänseleien wegen ›Watson‹, der umgekehrten Lesung meines Namens, sondern aus dem früher genannten Grunde hatte ich genug Anlass, Arno in die Hölle zu wünschen und zu schicken. Auch war ich im betreffenden Zeitraum allein in meinem Dienstzimmer. Aber ich schwöre Dir und meinem besten

Freund, Mr. Spock, dem geschätzten Norweger, dass ich nie und nimmer zu dem Mittel der Tötung greifen würde!«

»Liebste Clair«, schon nach dieser Anrede von Silvester knurrte und fauchte Carole Anne innerlich, »auch mit Dir muss ich mich hier unterhalten. Als Engländerin kennst Du ja das Gebot der Fairness!«

»Nachdem mein geschätzter Kollege Gideon die schottische Hymne zitierte, muss ich zunächst das heimliche Nationallied der Engländer bemühen – neben der ›Flower of Scotland‹ die ›Rose of England‹, Elton Johns Lied über die Tragödie von Lady Di. Aber dies als insularen Reflex nur vorweg. Zum Murder-Case, zur Sache: Bekanntlich habe ich öffentlich zur Eliminierung der beiden *bloody bastards*, der beiden *sons of a bitch*, dieser Hurensöhne und Scheißkerle, Gift angepriesen. Sowohl Arno als auch Tintenfass hatten, wie ihr Deutschen sagt, einen Sprung in der Schüssel. Liebster Laurenz« – wiederum blitzte die Eifersucht in Carole Annes Antlitz auf – »wie Du weißt, liebe ich die drastische Sprache, die Du aber, Liebster,« – Carole Annes Augen wurden zu schmalen Schlitzen – »nicht so magst, sorry! Du schätzt mehr die gepflegte sizilianische Straßenbahn-Ästhetik, verzeih mir bitte, aber diese Story war echt schön und prickelnd! Wann fahren wir wieder nach Palermo?« Carole Anne stand nun offenkundig vor einem vulkanischen Zornesausbruch. »Nun zurück zum Verbrechen und zur Erinnerung: In meiner Aussage bei Superintendent Geiger betonte ich, dass Arno und speziell Tintenfass ewig in der Hölle schmoren mögen. Als Vergifter des Institutsklimas hätten sie es verdient, vergiftet zu werden, ja gar als Wohl-Täter habe ich die Mörder bezeichnet. Diese ungestümen und unbedachten Racheäußerungen bedauere ich nun allerdings zutiefst, sie kamen aus wildem, wie ein Taifun wütendem Hass. Wesentlich wirkungsvoller war meine Taekwondo-Verteidigung gegen die beiden Herren. Aber auch ich erkläre an Eides statt, gebe Brief und Siegel, dass ich keine Giftmörderin bin. God save me and the Queen!«

Wenn Carole Anne nicht im Raum gewesen wäre, hätte Laurenz die liebste Clair jetzt in die Arme geschlossen und sie ganz fest gedrückt! Das musste (leider) auf die Besuche bei Clair in der Hölle verschoben werden.

»Auch bei Dir, lieber Schachfreund Frank, liegt leider Tatverdacht vor. Jeder wusste, dass Du mit Arno und Tintenfass aus privaten und beruflichen Gründen auf dem Kriegsfuß warst und von Arno kurz vor dem Verbrechen auch noch massiv provoziert wurdest.«

»Lieber Laurenz, vielleicht hilft mir Lushins Verteidigung, wie von Wladimir Nabokov empfohlen. Vielleicht war doch alles außerhalb des Schachs nur ein Traum und nur das wirkliche Leben, eben das Schachleben, ist harmonisch, überschaubar und voller Abenteuer. Aber sind die Schachfiguren nicht auch unerbittlich? – ›Sie hielten ihn fest und sogen ihn förmlich auf. Darin lag Entsetzen, aber auch die einzig mögliche Harmonie, denn was existierte in der Welt schon außer Schach? Nebel, das Unbekannte, Leere‹. Aus der wundervollen Fantasie von Nabokovs Roman jedoch wieder zurück zum Verbrechen: Ja, niemanden habe ich je mehr gehasst als Arno und besonders Tintenfass, die Ursachen sind bekannt. Mit Lügen und Verdächtigungen haben beide meine Beziehung zu Irena, meiner großen Liebe, zerstört. Wie oft wollte ich Ihnen, wie man bei uns in Sachsen sagt, die ›Gusche polieren‹ und ihre ›Bluttröppeln zähln‹. Und ja, kurz vor seinem Tode hat Arno eine weitere öffentliche Attacke gegen mich gestartet und versucht, mich zu beleidigen und lächerlich zu machen. Bei allen ›Gaffeesachsen‹ schwöre ich aber, dass ich physische Gewalt prinzipiell ablehne und nie jemanden töten könnte! Nur ›de Geeniche‹ meiner Schachgegner greife ich vehement an und versuche sie Matt zu setzen!«

* * *

Mr. Spock lieferte nun das recht resignative Resümee der Befragung:

»Professor Monetti und Tintenfass besitzen ein lupenreines Alibi, auch Lola kann wohl von der Liste der Verdächtigen gestrichen werden. Es liegt kein Schimmer eines Beweises für eine Täterschaft vor, kein Geständnis, kein Hauch einer Spur, Polizei und Detektive sind am Ende ihres Lateins. Aber«, nach diesem »Aber« legte Spock eine rhetorisch wirkungsvolle Pause ein, »die Ermittlungen zur zweiten Untat bieten eine Chance, das Mordgeschehen von seinem Ende her aufzudröseln, also gewissermaßen umgekehrt zum Himmel der Rätsellösung zu fliegen, die Maus von ihrem Schwanz her zu packen. Voila! Mord zwei – Tintenfass tötete Tintenfass.«

Der Schierlingsmord

»Als Leiter der Ermittlungen«, so Kommissar Lett, der jetzt das Wort ergriff, »möchte ich hier vor den Verdachtspersonen und Amateurdetektiven den Tathergang knapp schildern und einige Klärungsfragen aufwerfen. Am 15. Juli so zwischen 12.00 und 13.00 Uhr wurde Georg Aufdenblatten alias Tintenfass durch das in seiner Tintenfass-Karaffe nachgewiesene Schierlingsgift getötet und gegen 16.00 Uhr leblos in seinem Büro aufgefunden. Zum Kreis der Verdächtigen dieses Verbrechens, das wohl mit dem ersten Mord in Beziehung steht, gehören Professor Kliemann und Professor Nostaw, die dem Opfer die Flasche Grignolino und das ›Tintenfass‹ geschenkt hatten, weiterhin Professor Monetti, die Professorin Plant, Dr. Schlechter, Anja Fürstlein und Lola Bauerfreund, deren Fingerspuren am Tatort sichergestellt wurden. All die Genannten verfügten über starke und nachvollziehbare Motive für den Giftmord, denn die Liste der jetzt ruchbar gewordenen Übeltaten und Delikte des Eidgenossen war lang und zeigte seine Verworfenheit und kriminelle Energie deutlich an: Erpressung, sexuelle Nötigung und versuchte Vergewaltigung, Beleidigung, Rufschädigung, möglicherweise auch versuchter Diebstahl an den Gemälden. Es wurde schon aus viel geringeren Gründen gemordet.

Ein Weinglas im Büro des Schweizers trug die Spuren von Professor Monetti, das gläserne Tintenfass diejenigen von Professor Nostaw, im Zimmer fanden sich Fingerabdrücke besonders von Anja Fürstlein sowie von Professor Plant und Lola Bauerfreund; auf dem Generalschlüssel, mit dem wohl die Tür geöffnet und verschlossen wurde, die von Anja Fürstlein und von Lola Bauerfreund. Die Flasche Grignolino mit Spuren von Zucker war nicht im Zimmer, wurde aber in einem Müllcontainer gefunden, mit den Fingerspuren von Professor Kliemann. Für die gefundenen Abdrücke gibt es größtenteils scheinbar plausible Erklärungen. Weinflasche und Karaffe waren Schenkungen der Professoren Nostaw und Kliemann. Professor Monetti hatte öfters ein Gläschen mit seinem Privatdozenten getrunken und die Sekretärin fast jeden Tag Dienstpost hinterlegt.

Nun zu Ungereimtheiten und Unklarheiten: Frau Fürstlein, wie erklären Sie die Vielzahl Ihrer Fingerabdrücke im Zimmer der Tat? Und bitte keine Ausflüchte, nur die Wahrheit kann Ihnen helfen!«

Die Befragte schien in einem Meer von Tränen zu ertrinken, hatte ihrem Timmi diesen Punkt aber schon gebeichtet und gab nun leicht schluchzend folgendes zu Protokoll: »Tintenfass hatte mir vor etwa einer Woche wieder mit dem Plagiatsvorwurf gedroht, er habe jetzt von Arno Beweise bekommen. Nach der Rückkehr von seiner Dienstreise werde sie mit ihm einige Nächte verbringen müssen, sie solle sich nicht so zieren, sonst werde er die Sache publik machen. Deshalb nutzte ich die Abwesenheit von Tintenfass für eine eingehende Suche in dessen Dienstzimmer – an allen denkbaren Stellen und ohne Handschuhe. Da es aber kein Plagiat gab, fand ich auch nichts von solchen Belegen, es war eine meiner blödesten Aktionen.«

»Dies scheint einleuchtend, zeigt aber, dass sie in großer Angst vor Aufdenblatten lebten und dies erhärtet das Mordmotiv.

Nun zu Ihnen, Frau Bauerfreund: Wieso überdecken Ihre Fingerprints alle anderen auf dem Generalschlüssel, sie waren somit wohl als Letzte am Tatort?«

»Sorry Clair, jetzt muss ich wohl heraus mit der Sprache. Clair und ich waren gegen 15.00 Uhr im Dienstzimmer von Tintenfass. Er lag schon tot am Boden. So hatte ich ihn kurz vorher aufgefunden und Clair informiert, dass wir jetzt die Chance für das Finden seines Tagebuchs und möglicher Filme hätten, mit denen er immer wieder mal drohte. Seine Berichte über die ›beiden Damen und ihre schlüpfrigen Ausschweifungen‹ wollte der Hundsfott bald ins Internet stellen. Leider Gottes habe ich vor etwa zwei Jahren mal mit ihm geschlafen und da lief heimlich eine Filmkamera, so zumindestens die Behauptung des Scheißkerls. Allerdings war nichts dergleichen zu finden.«

Nachdem Clair diese Aussage bestätigte, giftete Geiger über massive Behinderung einer Mordermittlung, über Falschaussage und Zurückhaltung von Informationen über ein Gewaltverbrechen, über versuchten Diebstahl und unrechtmäßige Durchsuchung von Diensträumen. Die zuständigen Stellen und Disziplinarinstanzen würden sich mit dieser mordsmäßigen Sammlung von Rechtsverstößen beschäftigen müsse

Das auf Clair, Anja und Lola zielende, wiederholte *cherzes la femme* löste wiederum sofort den geharnischten Protest von Madame Boerne aus, die lange und erfolgreich für die Gleichberechtigung der weiblichen Samtpfoten gekämpft hatte. Und wiederum streute Geiger Asche auf sein Haupt, erinnerte die Kätzin aber an ihr illegales Schnüffeln in der Gerichtsmedizin – sie heiße ja nicht zufällig Post Mortem.

Aber nach seiner Bitte um Verzeihung fragte jetzt der Kommissar Lola, wo sie sich in der Mittagszeit des 15. Juli aufgehalten habe.

»Ab etwa 11.30 Uhr hatte ich das Institut verlassen, vorher den Direktor über eine etwas verlängerte Mittagspause informiert. Ziel war Arnos Wohnung, um meine persönlichen Sachen dort abzuholen und eventuell vorhandene kompromittierende Fotos, Filme oder Aufzeichnungen zu finden, ein Schlüssel war noch in meinem Besitz. Bislang hatte ich diesen Besuch verschwiegen, sicher hätte ich mich damit weiter verdächtig gemacht. Jetzt könnte mir das aber ein Alibi für die Mordzeit verschaffen.«

Geiger wandte sich demonstrativ an Post Mortem: »Dank meiner weisen Voraussicht observierte ein Polizist die Wohnung von Arno und sah Frau Bauerfreund gegen 12.45 Uhr tatsächlich dort hineingehen. Somit wäre die Sekretärin aus dem Schneider. Eine der Damen kommt damit für die Morde nicht in Frage. Sind Sie, liebe Madame Boerne, jetzt etwas besänftigt?«

Danach wandte sich Geiger an den Direktor: »Sie hatten, was sie nicht bestreiten, am Tag des Mordes eine laute Auseinandersetzung mit ihrem Mitarbeiter. Können Sie erklären, warum dieser Ihnen dann den Zettel von Arno mit der kryptischen Botschaft überlassen hat? Der Schweizer soll doch zorngerötet und wutentbrannt aus ihrem Büro gestürmt sein.«

»Nun, der ominöse Zettel war wohl für Aufdenblatten nutzlos geworden, er hatte offenkundig die Meisterstücke nicht aufspüren können und suchte jetzt meine Hilfe. Außerdem hatte er mit Sicherheit Kopien angefertigt und das Papier Zeugen vorgelegt, um seinen Besitzanspruch zu sichern.«

Spock, Poirot und der »Landner-Zettel«

Jetzt übernahmen Mr. Spock und Kardinal Himmelsstern-Poirot mit großer Katergeste die Regie des Showdowns. Sie glichen zwei stolzen und unerbittlichen Amur-Tigern auf der Jagd in den Weiten Sibiriens. Nachdem sie sich ausführlich vorgestellt und ihre überragenden detektivischen Meriten herausgehoben hatten, kamen sie zum Kernpunkt: zur Entschlüsselung des Landner-Zettels, der folgende Botschaft enthielt:

Falls mir etwas zustößt: Sensationsfund L. C. u. M. D (RK; RT) – V. im DG

Arno Landner

»Dem Syndi-Cat, bestehend aus Madame Boerne, dem hochverehrten Poirot, meinem Kater-Nachbarn Sokrates sowie unserem zugeschalteten Freunden Cyril, dem Katzen-Superhirn von Scotland Yard, und Uncle Abe von Cat Science Institute (CSI), gelang es unter gewichtiger Mithilfe der zweibeinigen Detektive Laurenz Silvester und Adrian Neverkühn, das Mirakel der Landner-Botschaft aufzuklären und die Meisterwerke aufzuspüren.«

Diese Botschaft des Spitzohrs war ein echter Kracher, erzeugte lautes Raunen, Bewunderungsbekundungen und Fragen nach der Möglichkeit, die Prachtstücke in Augenschein zu nehmen, was jedoch verneint werden musste.

Nachdem wieder etwas Ruhe eingekehrt war, wartete Spock mit der zweiten Überraschung auf:

»Silvester knackte den Code ›R. K.‹ – Raubkunst! Laut Cyrils Recherchen handelt es sich um drei Bilder, die dem jüdischen Kunstsammler Ariel Katzman aus Freiburg im Breisgau gehörten. Die Nazis haben diese 1937 konfisziert, Katzman wurde später im KZ Dachau ermordet. SS-Leute aus Thüringen haben mit Hilfe des Gauleiters die Bilder in ihre Hände gebracht, wohl weil alle drei Werke einen Bezug zu Jena hatten: Erstens ›Martin Luther und Papst Clemens VII. beim Disput im Schwarzen Bären‹ von Hans Holbein, zweitens ›Königliches Spiel auf 64 Feldern - Emanuel Lasker gegen Marcel Duchamp‹ von Marcel Duchamp und drittens ›Sherlock Holmes und Hegel im Urlaub am Reichenbachfall‹ von Rene Magritte.«

Diese Nachricht verursachte wieder ein Tohuwabohu: Sind die Gemälde wirklich echt? Arnos Zettel erwähnt doch nur zwei Bilder und davon eins von Lucas Cranach?

Ein grimmiges Fauchen von Spock beruhigte die Gemüter.

»Die Hypothese besteht darin, dass Arno sich wohl beobachtet und bedroht gefühlt hat und deswegen eine falsche Fährte legte, ein Täuschungsmanöver vornahm, das allerdings für ihn eine tödliche Wirkung haben sollte – Wer anderen eine Grube gräbt, fällt selbst tot hinein. Zuerst ersetzte er Hans Holbein durch Lucas Cranach und vermerkte mit dem Hinweis auf das Dachgeschoß ein falsches Versteck. So konnte der Finder des Zettels, vielleicht Aufdenblatten, die Gemälde nicht an sich bringen. Aber der Eidgenosse besaß ein wasserdichtes Alibi, wieder eine Sackgasse?«

»Die Wege des Herrn sind oft unergründlich und meist unerforschlich«, damit übernahm Poirot jetzt die Moderation, »aber dank Mr. Spocks Spürnase und dem Weckruf des geschätzten Nachbarskaters Sokrates wurde das ›R. T.‹ entschlüsselt, bevor unser Spitzohr auch die verborgene Inschrift der Gemälde ans Licht brachte. Alle Wege führen nach Rom, und so muss man jetzt hinzufügen, auch nach Seattle. Aus zwei Erzählungen unseres Silvester vermochte Spock einen brillanten Schluss zu ziehen: Zum einen hatte ein Augenzeuge der alliierten Bombardements von Jena im Februar 1945 über einen getroffenen Lastwagen der SS in der Nähe des Roten Turmes berichtet, zum zweiten war Silvester zu Beginn seines ersten Besuches in den Staaten von der Sekretärin des gastgebenden Departments der University of Washington in Seattle lapidar mitgeteilt worden, dass in Jena der Turm eingestürzt sei. Der erste Schreck für den guten Professore war gewaltig gewesen, denn ›Turm‹ bedeutete in der Sprache der Einheimischen das einzige Hochhaus der Stadt mit 22 Etagen. Glücklicherweise stellte sich gleich heraus, dass es sich nicht um den Einsturz des höchsten Gebäudes der Stadt handelte, sondern um ein tragisches Unglück am ›Roten Turm‹ der alten Stadtmauer, der fast ganz in sich zusammengefallen war. Mit der bekannten Tatsache, dass im ›Roten Turm‹ der Kunstverein residierte, hatte Spock das ›R. T.‹ – ›Roter Turm‹ – mit dem ›K. R.‹ – Kunstraub – in Verbindung gebracht und zudem messerscharf geschlossen, dass Arno dort die Meisterstücke gefunden und dort versteckt gehalten hatte. Das nennen die Zweibeiner ins Schwarze getroffen und zum Zwecke der sofortigen Rettung der Gemälde rief das Syndi-Cat ohne Verzug eine rechtliche Notsituation, einen kunsthistorischen Ausnahmezustand aus, der die üblichen Regeln außer Kraft setzte. Die sofortige Suche und Bergung war ein voller Erfolg, es wurde sogar ein dritter Edelstein der Malerei, der Magritte, sichergestellt. Dem Herrn sei Dank für dieses Geschenk!«

Der norwegische Stubentiger als Sherlock Holmes - Mr. Spocks detektivische Sternstunde

> *Jury stieg an der Baker Street in die Northern Line um. Während er auf den Zug wartete, schaute er auf die gekachelte Wand am Bahnsteig, wo seit der Renovierung Sherlock Holmes im Profil zu sehen war. Nicht ganz einfach, diesem Vorbild zu folgen.*
>
> Martha Grimes

Jetzt erhob sich Mr. Spock, warf sich in die Positur des unerbittlichen Ermittlers, man konnte seinen messerscharfen Verstand und seine filigran geschliffenen Krallen erahnen. Er zeigte seine stattlichen Reißzähne, übernahm jetzt das alleinige Kommando und erinnerte an den legendären Katzen-Koloss von Rhodos, einem der neun Katzenweltwunder, das mit einer Laterne den Schiffen heimleuchtete.

Spock glich einem Herakles mit dem von ihm erbeuteten Fell des Löwen aus Nemea, er ähnelte dem griechischen Helden, der die Hydra, die Schlange des Verbrechens, erwürgt, mit List die hesperidischen Äpfel gepflückt und den Augiasstall des Kunsthistorischen Instituts ausgemistet hatte. Die Anwesenden starrten wie gebannt auf seine Katerschaft, den Mäuse- und Mörderschreck schlechthin, der jetzt den Übeltätern heimleuchten würde.

»Wie Sie, verehrte Damen und Herren, vielleicht wissen, hatte Leonard Nimoy, der kongeniale Darsteller von Mr. Spock im Star Trek, verschiedene Angebote für die Rolle von Sherlock Holmes, 1975 übernahm er eines dieser Angebote für einen Kurzfilm. ›Holmes wie Spock‹ sind laut Drehbuchautor R. L. Smith ›von A bis Z eine Schöpfung der Logik, beide intellektuell, objektiv, rational und Spock vielleicht der größte Detektiv überhaupt‹. Welch wahres Wort: Mr. Spock, der bedeutendste Detektiv aller Zeiten! Wie Sie wissen, hat dieser Ort, an dem wir uns heute versammeln, nicht zufällig den Beinamen Baker Street und ich werde mich jetzt bemühen, mich meinen großen Vorgängern, Holmes und Spock, würdig zu erweisen, natürlich auch dem bedeutendsten lebenden und jetzt zuschauenden Detektiv, Nero Wolfe, sowie dem bedeutendsten Detektivromanautor der Gegenwart, Laurenz Silvester. Das kätzisch-humanoide Detektivteam hat mir die Ehre und Verantwortung zugewiesen, die ultimativen Resultate der Ermittlung vorzustellen, jetzt wird die sprichwörtliche Katze endgültig aus dem Sack gelassen.

Wie in vielen Mordfällen war auch hier die Habgier das Motiv, es ging um die vermutlich hunderte Millionen schweren Gemälde, die auf dem schwarzen Kunstmarkt für unermesslich viel Geld verhökert werden sollten, um dann im Schlafzimmer eines Oligarchen oder in der Privatsammlung eines Ölscheichs zu verschwinden. Und sicher können sich alle von Ihnen ein Leben im großen Geldreichtum gut vorstellen, sorgenfreie Existenz und keine Angst um den Job, Traumhaus statt kleiner Mietwohnung oder Slumbehausung, noble Gegend statt Favela, Anerkennung für das gewonnene Geldvermögen statt drohender Altersarmut, bei Krankheit Superklinik statt Kassenpatient, bei Rechtsproblemen Staranwalt statt Pflichtverteidiger, exzellente Privatschulen und Spitzenuniversitäten für die Kinder statt öffentliches Schulchaos und Ausbildung an ärmlichen Hochschulen, Urlaub in Neuseeland und Japan statt auf der Datsche in Wanne Eickel oder Bitterfeld – diese Aufzählung ließe sich unbegrenzt verlängern.

Und selbst wenn die Juwelen der Malkunst nicht zu verkaufen gewesen wären, gewänne man den ungeheuren Ruhm des Fundes, die Wertschätzung in Fachwelt und Öffentlichkeit sowie möglicherweise den nicht zu verachtenden Finderlohn. Würden Sie dies bestreiten wollen, die Damen Clair, Bauerfreund und Fürstlein, die Herren Monetti, Kliemann, Schlechter und Nostaw? Würden Sie nicht gerne in einem Geldmeer schwimmen und in einer Villa in der Toskana, an der Cote d'Azur, am Lago Maggiore, an den Ufern von Seattles Lake Washington oder auf einer idyllischen Ägäis-Insel residieren? Wer hätte nicht gern eine schön gelegene Stadtwohnung in Cambridge, Turin, London, New York oder Jena? Wer hat nicht schon öfters von einem solchen Leben der Reichen, vom Luxus geträumt? Sind etwa Wissenschaftler nicht besonders empfänglich für internationale Anerkennung und Verehrung, für gut dotierte Professuren, für Forschungspreise und gut bezahlte Vorträge an renommierten Universitäten? Aber vielleicht tue ich manchen von Ihnen Unrecht, wie auch immer.

In Arnos Fund von zwei Glanzlichtern der Malkunst lag wohl der eigentliche Grund für die beiden Giftmorde. Und vielleicht zur Überraschung oder Verblüffung aller: Die im Zusammenhang der Bluttaten eine Rolle spielenden Gemälde führten in sehr unterschiedlicher Weise auch zur Lösung der Fälle, der somit in doppelter Hinsicht malerischen Doppelmorde.

Jedenfalls bedeuteten Arnos versuchte Irreführungen, seine Hinweise auf Cranach und den Dachboden, sein eigenes Todesurteil. Der oder die Täter gingen dieser falschen Fährte auf den Leim und setzen Arno durch die Bella Donna für ewig außer Gefecht. Man hätte aber wissen müssen, dass Arno ein Geheimniskrämer war und nie und nimmer einen solch eminent wichtigen Zettel wie die inzwischen uns allen bekannte Botschaft mehr oder weniger offen liegengelassen hätte. Arno nahm sein Wissen um das Versteck mit ins Grab. Dieser erste Fehler verschloss so dem oder den Schuldigen die Spur zu den beiden Bildern, die schließlich zusammen mit dem Magritte von den Detektiven aufgespürt wurden. Der geschätzte Commissario Lett konnte auf dem Dachboden des Kunsthistorischen Instituts Hinweise für eine gründliche Suchaktion seitens Verdächtiger feststellen, leider ohne beweiskräftige Ergebnisse, ohne verwertbare Spuren.

Auch der zweiten Vergiftung durch das Sokrateskraut lag ein Irrtum zugrunde, fußend auf der irrigen Vermutung, dass Tintenfass die beiden Kunstwerke an sich gebracht hatte. Der Schierlingsmörder hatte fälschlich angenommen, dass der eidgenössische Privatdozent auf dem erwähnten Dachboden fündig geworden sei. Aber wiederum stand der Mörder oder die Mörderin mit leeren Händen da: Viel Morden um Nichts! Der Tod von Arno und Tintenfass war für die Übeltäter mindestens ohne den begehrten Nutzen geblieben, die Gemälde gelangten nicht in ihre Krallen, nein, umgekehrt: Die Bilder kehrten sich gegen diese Personen selbst, sie wurden zum sprichwörtlichen Bumerang.«

Nochmals die göttliche Troika –
Holbein, Duchamp, Magritte

»Damit zur göttlichen Dreifaltigkeit – dem Holbein, dem Duchamp und dem Magritte. Da wir die Originale aus Sicherheitsgründen nicht zur Verfügung haben, hier eine kleine Power-Point-Präsentation, die uns auch die entscheidende Pointe zeigen wird. Ich verstehe voll und ganz die Bewunderungsreaktionen derjenigen, die diese Hochkaräter des Malens noch nicht sehen konnten, es handelt sich ja wohl um den spektakulärsten Kunstfund der letzten Jahre, Malereikenner und -freunde werden aus dem Häuschen, der öffentliche Rummel wird riesig sein.

Bevor ich zu den Gemälden im Einzelnen komme noch eine entscheidende Vorbemerkung: Der von den Nazis enteignete und ermordete Freiburger Kunsthändler Katzman hatte nach einem einzigen Prinzip gesammelt: Gemälde mit einer Anamorphose und zwar dergestalt, dass bestimmte Teile des Werkes nur aus der Katzenperspektive zu sehen und damit aus dem ›normalen‹ Blickwinkel nicht zu erkennen sind.

Obwohl die meisten von Ihnen als Kunstexperten die Technik der Anamorphose kennen, gestatte ich mir anhand des berühmten Exempels ›Die Gesandten‹ von Hans Holbein dem Jüngeren aus dem Jahre 1533 dies nochmals knapp zu erläutern:

Der auf diesem Holbein-Meisterwerk wahrzunehmende merkwürdige Streifen im unteren Abschnitt scheint eine Spielerei des Künstlers zu sein, aber von einem einzigen Blickort aus, von links unten aus sehr spitzem Winkel, ist der in die vermeintliche Idylle hineinstarrende Totenkopf zu erkennen. Die verborgene Inschrift tritt hier nur aufgrund der Veränderung der Perspektive des Sehens, in anderen Beispielen durch technische Hilfsmittel wie Spiegel oder Prismen hervor. Die Lösung eines solchen Vexierrätsels gelingt dem Prager Weltliteraten Franz Kafka zufolge nur dem, der weiß, dass es noch etwas Anderes zu sehen gibt.

Bei der wohl bislang weithin unbekannten speziellen Katzenperspektive muss die Samtpfote genau links neben dem auf gleicher Höhe befindlichen Gemälde liegen und den Katzenkopf 45 Grad nach rechts bewegen, dann zeigt sich das Verborgene. Unser Perspektivwechsel öffnet den Blick auf das absichtlich Versteckte. Mit dieser kätzischen Perspektive gewinnt die Geschichte der Malerei eine völlig neue und interessante Facette und zeigt einen Pfad weg vom allgewaltigen Anthropozentrismus, der These von der alleinigen Geltung der Sichtweise der humanoiden Zweibeiner.

Der anamorphotische Kolorist und der Autor des Detektivromans ähneln sich darin, sie sind Kryptographen. Ihre Mitteilungen an den Betrachter bzw. Leser bestehen in verschlüsselten Botschaften; erst der spezielle Blickwinkel lässt das zunächst Unsichtbare, Verstellte und Verkehrte ins richtige Licht rücken. Das absichtliche Blendwerk, das ›An-der-Nase-Herumführen‹ kann erst mit diesem ›Drehen‹ des Blicks entschlüsselt werden. Im Falle des Detektivromans müssen sowohl der Ermittler als auch der Leser das Vexierspiel der Bösewichter wie des Autors der Story aufklären. Nebenbei: In der von Laurenz Silvester und mir verfassten, international vielbeachteten Studie über die Maßstäbe für den gelungenen Detektivroman finden sich diese Überlegungen zur Kriminologie. Die inzwischen berühmten ›9 Spock-Silvester-Thesen‹ haben die Forschung und das Format ›Detektivroman‹ auch international revolutioniert. Und jetzt gestatte ich mir ein ganz kurzes Atemholen und ein wenig katzenverträgliche Milch.«

»Aber nun endlich zum ersten Sensationsfund ›Martin Luther und Papst Clemens VII. beim Disput im Schwarzen Bären‹ von Hans Holbein dem Jüngeren, ein Werk das wahrscheinlich 1532, also vor dem Bild ›Die Gesandten‹ entstand. Auch die erste beeindruckende Beschreibung dieses Meisterstücks durch meinen Freund Gottlob Himmelsstern, dem Leiter der katzorianischen Kunstsammlungen zu Vatikatzenstadt, darf ich an die Wand projizieren und einen kleinen Teil daraus zitieren, diese fulminante und packende Charakterisierung kann man guten Gewissens mehrfach hören und lesen:

Wir können einem Ringen von Titanen des 16. Jahrhunderts zuschauen, zwischen Julius di Medici, Papst Clemens VII., und dem Reformator Martin Luther. Das Bild verbindet gewissermaßen Cranachs Lutherporträt und Sebastianio del Piombos Darstellung des florentinischen Papstes: auf der einen Seite das aristokratische Oberhaupt der römischen Kirche, mit prächtigem Gewändern, roter Mütze und rotem Cape, auf der anderen ein scheinbar tumber Hinterwäldler, der eher plebejische, grau in grau gewandete Mönch mit einer Art Baskenmütze, hier der Verwalter des Weinbergs des Herrn und dort der Fuchs, der in diesen eingedrungen war, der Eber der diesen zerstören wollte. Die Figurenkonstellation wird weiter geprägt von vier jungen Leuten, wohl Studenten, einer mit verklärtem Antlitz, mit einer Affinität zu Jesus Christus. Letzterer wäre wohl nur zu gerne Zaungast dieses Disputes gewesen wäre. Im rechten Bildteil sieht man dem mit einem Fuchsfell drapierten Fürsten Johann Friedrich den Großmütigen, Anhänger der Lutherischen Reformation und 1558 Gründer der Jenaer Universität, in Saalathen liebevoll ›der Hanfried‹ genannt. Linkerhand hinten an der Gastraumwand hängt ein Ablasszettel des berüchtigten Ablasshändelers Tetzel, auf den Licht durch die halboffene Tür fällt – ein corpus conflicti der beiden geistlichen Herren. Das Fenster öffnet einen Blick auf die Jenaer Weinberge, der Florentiner mag an seine Heimatstadt erinnert worden sein und vielleicht das Gleiche gedacht haben wie weiland Kaiser Karl V. bei seinem Eintreffen in Jena: Ach, mein schönes Florenz! Auf den überreichlich gefüllten Tellern sehen wir frische Trauben, Brot und die weltberühmte Thüringer Bratwurst.

Aber bei dieser ersten Bildbeschreibung war uns das Katzen-Vexierspiel noch entgangen, die unten links einen kleinen Teufel sichtbar werden lässt, der offenkundige Ähnlichkeiten mit Papst Clemens VII. zeigt. Die Figur trägt die satanischen Insignien der Hörner und des Pferdefußes. Links oben auf seinem Gewand sieht man einen unregelmäßigen blauen Fleck. Hatte ihn da jemand mit einem Tintenfass beworfen? Luther war darin bekanntlich geübt. Ja, Tintenfässer schienen des Teufels. Liebe Lola Bauerfreund, mit dem Wort ›Bären‹ hörten sie etwas Richtiges aus dem lautstarken Streit zwischen Arno Landner und Prof. Monetti heraus. Nur ging es nicht darum ›jemanden einen Bären aufbinden‹, sondern um das seit dem 15. Jahrhundert in Jena bestehende Hotel ›Zum schwarzen Bären‹, in dem bekanntlich Luther inkognito mit Studenten aus der Schweiz disputierte und welches das Ambiente für das Meisterstück von Holbein lieferte.

Die zweite geniale Schöpfung ›Königliches Spiel auf 64 Feldern – Emanuel Lasker gegen Marcel Duchamp‹ von Duchamp liefert ebenfalls eine faszinierende Darstellung eines Kampfes von Giganten ihres Fachs, zweier prominenter Großmeister des Schachspiels. Der Schauplatz war hier auch Jena, das durch die Carl-Zeiss-Stiftung 1903 erbaute Volkshaus, einem Ort für Bildung und Kunst, der auch die Zeichenschule des Malers Ernst Kuithan beherbergte, eines Malers, dessen Werke Duchamp während seiner Visite in Thüringischen ebenfalls kennenlernte. Und beinahe wäre das Volkshaus der Tagungsort für die deutsche Nationalversammlung nach dem Ersten Weltkrieg geworden, dann könnten wir, statt der Weimarer von der Jenaer Republik sprechen. Aber seien wir darob nicht traurig, unser Saale-Athen war, und dies ist unendlich bedeutsamer, die Wiege der Weltphilosophie des Deutschen Idealismus.

Auch hier blende ich die Bildcharakterisierung ein und ebenso den Abschluss dieser Partie mit dem legendären Duchamp-Coup.

Wir sehen auf dem Gemälde neben den beiden Schachkoryphäen einen grünen, im Raum schwebenden Kater, den Bauhaus-Künstler Henry van de Velde, den Schachweltmeister Alexander Aljechin, den Maler Max Ernst als großen Farbtupfer und eine Malerleinwand mit der Aufschrift ›Dies ist kein Gemälde‹, eine Hommage an den ebenfalls anwesenden Kollegen Rene Magritte. Lasker und Duchamp saßen sich an den 64 rot und gelb gemalten Feldern gegenüber. Allerdings sieht das mit dem Schachspiel vertraute Auge statt der vorgeschriebenen acht Bauern einen unzulässigen neunten mit spitzem Kopf, ein sogenannter Doppelbauer auf der e-Linie des Schachbrettes, ein erster Scherz des französischen Künstlers, wahrscheinlich als Reminiszenz an seine ›Nine Malic Moulds‹ von 1914/15. Das Motiv des Doppelgängers finden wir bereits auf einem frühen Werk des Franzosen – ›Partie d'Echecs‹ –, auf der Brüder oder Zwillinge am Schachbrett kämpfen.

Auch in diesem Fall hatte Lola Bauerfreund etwas Interessantes gehört, nur ging es nicht um ihren Nachnamen, sondern um die ähnlich klingende Rede von ›neun Bauern‹. Aus der Katzenperspektive war schließlich rechts unten auf dem Glanzstück ein Bauer mit Spitzkopf wahrzunehmen, ein überzähliger Doppelgänger seines Kollegen auf der e-Linie des Schachbretts.«

An dieser Stelle warf Professor Nostaw ein, dass laut neueren Forschungen die Schriften des ersten bedeutenden Theoretikers der Anamorphose, Jean-Francois Niceron – »La Perspektive curiense 1638« – als bisher unbeachtete Quellen für das Schaffen von Duchamp gelten könnten. Hingewiesen werde ebenso auf den Zusammenhang von Kunst und Geometrie, manche sehen bei Duchamp gar eine humorvolle Applikation von Riemanns nach-euklidischer Geometrie, und Humor war für den Maler der einzige Grund für das Leben. Gideon Nostaw verwies zudem auf Duchamps Beschreibung des Schachspiels als »Schule des Schweigens«, als eines Musterfalles für »Stille, Langsamkeit und Einsamkeit«. Hiermit stelle sich der Franzose in die Tradition des skeptischen Weltverständnisses mit seinem Schlüsselgedanken der Meeresstille der Seele, in eine Linie, die vom Buddhismus über Pyrrhon, Goethes »Über allen Wipfeln ist Ruh«, Nietzsche Loblieb auf das Schweigen bis hin zur Frau Schweigestill des Thomas von der Trave reiche. Und natürlich, so der Schotte, liege nicht nur der Kern des Schachspiels, sondern auch das Wesen der Katze in solcher Schule des Schweigens.

»Und schließlich zum dritten Super-Mega-Werk, ›Sherlock Holmes und Hegel im Urlaub am Reichenbachfall‹ vom Belgier Rene Magritte. Hier wiederhole ich nur einige wenige Passagen aus den ersten Einschätzungen von Poirot, Silvester und meiner kätzischen Wenigkeit:

Magritte gilt uns als der philosophische Maler, als der malende Philosoph des 20. Jahrhunderts, als ein denkender Farbvirtuose allererster Güte. Hatte er doch einige seiner hochkarätigen Schöpfungen bedeutenden Philosophen gewidmet: von Heraklit über Descartes und Rousseau bis Hegel. Auch lesen sich die Titel mancher seiner Paradestücke als ein Themenkatalog der Philosophie: ›Der Schlüssel zur Freiheit‹, ›Hegels Ferien‹, ›Die unsichtbare Welt‹, ›Die Ursprünge der Sprache‹, ›Die erstochene Zeit oder Lob der Dialektik‹. Doch dem nicht genug, er verband Philosophieren und Kriminalisieren mit der Malerei, geht es all diesen drei erstrangigen Künsten doch um das Aufdecken und Aufklären des noch Verborgenen. Magritte ließ sich bei den Namen für seine Gemälde von Kriminalautoren der Champions-League anregen, nach Dashiell Hammets Story heißt ein Bild ›Der gläserne Schlüssel‹. Außerdem standen Edgar Allan Poe und Rex Stout Pate, Dupin und Wolfe waren die ›Hintermänner‹ mancher Leinwände.

Der jetzt aufgefundene Magritte verbindet im Geiste von Paul Cezanne – des ›lieben Gotts der Malerei‹ – die Darstellung der landschaftlichen Natur mit der von Holmes und Hegel repräsentierten philosophischen und detektorischen Weisheit in herausragender Form, Landschafts- und Porträtmalerei. Dazu ein Auszug aus der Erstbegutachtung:

Der Reichenbachfall bei Meiringen wurde dem internationalen Publikum durch Arthur Conan Doyles Erzählung über den Sturz von Holmes und des Oberbösewichts Professor Moriarty in die Felsenschlucht bekannt. Leider ist die an Heraklits Gedanken orientierte philosophische Beschreibungen des Reichenbachfalls aus der Feder Hegels fast vergessen, obschon gerade Magritte mit seinem Gemälde ›Die Brücke des Heraklit‹ die Ideen des dunklen Philosophen aus Ephesos verbildlicht hat. Magritte gelingt es, das Naturphänomen des Wassersturzes mit den Antlitzen der zwei imposanten und weltberühmten Persönlichkeiten zu verknüpfe, die hinter dem Wasservorhang in den Zwischenräumen der Fontäne hervorscheinen.

Der am Werk vorbeigehende Betrachter sieht ewig dasselbe und doch ein sich stets wandelndes, in die Tiefe fallendes Wasser und er schaut in die immer gleichen Augen der beiden Urlauber, die jedoch in ihrem Glanze variieren und ständig auf den vorbeigehenden Betrachter gerichtet sind, wie jene der jungen Frau in Raffaels Porträt La Muta. Die sich verändernden Impressionen der Wasserkaskade spiegeln sich gleichsam in der sich in der unverwechselbaren und sich doch wandelnden Physiognomie der beiden Herren. Letztere thronen unter einem riesigen weißen Baldachin, auf dem oben eine große Glasschale sitzt. Ähnlich der frappierenden Kombination von Schirm und Wasserglas bei ›Hegels Ferien‹ geht es auch hier um das gleichzeitige Abweisen und Aufnehmen des Flüssigen. Abwehren und Aufnehmen des Flüssigen in einem. Holmes trägt Karo und raucht die unvermeidliche Pfeife, die einen wogenden Rauch erzeugt, den wir auch beim Auftreffen des Wassers in der Tiefe sehen können, vielleicht eine Anlehnung an das Sfumato, das Neblig-Weich-Rauchige des Leonardo. Auf Hegels Haupt sitzt eine Baskenmütze und seine Hand hält ein Glas mit rubinrotem Wein, der in seiner Durchsichtigkeit ähnlich der Wasserkaskade funkelt.

Das Sujet Wasserfall bietet eine höchst geeignete Möglichkeit der künstlerischen Darstellung von Ruhe und Bewegung, der Meeresstille der Seele und der kinetischen Kreativität und Beweglichkeit des Geistes – man erblickt Ruhe und Stille aber zugleich das donnernde Herabstürzen des Wassers in den Abgrund des granitnen Felsens und des vergänglichen Lebens ... Man sieht ›ewig das gleiche Bild und sieht zugleich, dass es nicht dasselbe ist.‹ Man erblickt zugleich das Brausen des Wassers, die Gischt, das Herausschwellen, das Überschäumen der unbändigen Kaskaden und darin das Brechen der sturmgepeitschten Wellen der Seele.

Der Maler kann im Kern als Repräsentant des Katzenhaften angesehen werden, er schleicht nämlich den vorübergehenden Bewegungen, den flüchtigsten Ausdrücken des Gesichts, der momentanen Farberscheinungen in ihrer Dynamik nach und bringt sie dann bloß im Interesse dieser Weltsekunde und ohne ihre verschwindende, ohne ihre vergängliche Lebendigkeit vor uns, er überlistet gleichermaßen das Endlich-Vergängliche. Das Wort Schnappschuss drückt dieses Vermögen trefflich aus. Der Malergenius ist ein Schnapper, ein phantasiereicher Erschleicher der bunten Welt des Augenblicks ... Wenn man an unseren Magritte näher herankommt, so scheinen Holmes und Hegel wie abgespiegelte Gestalten aus der klaren Tiefe und Eigentümlichkeit der tosenden Wassers hervorzulugen und todesfrostig und warnend uns zuzurufen: Das Böse, als dessen Symbol der auf diesem fulminanten Prachtstück abwesende und in Gestalt des Abgründigen doch anwesende Professor Moriarty steht, sollte mit Seelenruhe und Katzengeduld zur Strecke gebracht werden.

Die Botschaft der beiden Sommerfrischler lautet wohl: Magritte, nach dem Geniestreich ›Hegels Ferien‹ hast Du mit diesem Schnappschuss von unserem Alpenurlaub ein Jahrtausendwerk geschaffen, das Denken sichtbar gemacht!«

Wie beim ersten Vortrag dieser Bildbeschreibungen gab es auch hier von größerem Publikum einen kräftigen und langen Applaus für seine Eminenz, den würdigen Perserkater Poirot, und den norwegischen Waldkater Spock. Auch bei diesem Magritte bot die Katzenperspektive einen deutlichen Fingerzeig auf einen Gedanken: Der Blick deutet auf die Figur des Mega-Bösewichtes Professor Moriarty als höchst interessierten Zuschauer der Szene am Reichenbachfall. Dabei offenbaren die Gesichtszüge des mächtigen Holmes-Widersachers eine ähnliche geistige Konzentration wie beim Londoner Detektiv und dem deutschen Philosophen, allerdings in Moriartys Antlitz mit dem Trend zu Bosheit und Verschlagenheit.

Die Identität als Ähnlichkeit oder: Doppelt hält besser

Summa summarum oder der Katzenweisheit letzter Schluss – das Resultat des genialen Rochierens unserer Gedanken: Auf den drei Gemälden spielen mit Spocks Worten die Großmeister des Malens mit dem Gedanken der »Identität als Ähnlichkeit«, mit dem Tatbestand der Verwandtschaft als Familienähnlichkeit, mit der besonders von Magritte geschätzten Figur des Doppelgängers. Die Malkunst verstand der belgische Surrealist als die wahrhafte Kunst der Ähnlichkeit.

Silvester meldete sich an dieser Stelle: »Das deutsche Wort ›Doppelgänger‹ prägte wahrscheinlich der Namenspatron unserer Universität Jean Paul, der in seinem Roman ›Siebenkäs‹ zunächst anlässlich eines Festmahles vom zweiten Gang als Doppelgänger sprach, zugleich jedoch die Protagonisten Siebenkäs und Leibgeber als ein solches ebenbildliches Pärchen auftreten lässt. Auch in Jean Pauls Roman ›Titan‹ spielt das Doppelgängermotiv eine herausgehobene Rolle, in E. T. A. Hoffmanns ›Die Doppeltgänger‹ und ›Die Elixiere des Teufels‹ und in der Erzählung ›William Wilson‹ von Edgar Allan Poe gewann die Figur des Doppelgängers eine besondere literarische Relevanz, als Form zur Darstellung verschiedener Dimensionen der handelnden Personen und ihrer problematischen Identität, auch Dostojewski und Kafka nutzten dieses Muster. Inzwischen wanderte das Wort in viele Sprache ein, im Angelsächsischen etwa sagt man ›doppelganger‹.«

»Auf den Gedanken der ›Identität als Ähnlichkeit‹ gründete sich nun eine für die Lösung der Mordfälle wichtige Intuition, die eine Anamorphose, eine gravierende Veränderung des Blickwinkels beinhaltet: Die Identität der Akteure wird prekär, wird unsicher, das Geheimnis des Tatgeschehens könnte im Mitwirken eines Anderen, speziell eines Doppelgängers verborgen sein – im Sinne von Magrittes ›Le double secret‹ (›Der geheime Doppelgänger‹). Es stellt sich mit Kleist die Frage: ›Was für ein Ich?‹ Welchem Selbst kann die Täterschaft zugeschrieben werden? Aus diesem Grunde würden alle Alibis zweifelhaft, auch die vermeintlich felsenfesten könnten in einen felsigen Abgrund stürzen.

Der nächste Geistesblitz kam von meinem Dosenöffner und Detektivpartner Silvester, der auf die wahrscheinlich höchste familiäre Ähnlichkeit hinwies, auf Zwillinge, auf das Twin-Phänomen. Daraus ergab sich die allererst zu beantwortende Frage: Haben die Verdächtigen Zwillingsschwestern oder Zwillingsbrüder? Gab es Twin Peaks, gab es einen Pollux zum Castor, einen Romulus zum Remus, ein doppeltes Lottchen? Dieser Ebenbild-Fährte spürte Cyrus in der riesigen Scotland Yard-Datenbank ›Watson‹ nach, Poirot im ›Piero della Francesca‹, dem vatikatzischen Archiv für Kunstdiebstähle, und CSI-Superhirn Uncle Abe in seinem Mega-Computer namens ›Sitting Bull‹. Und siehe da, ein Zwilling wurde gefunden – nämlich Rüdi Aufdenblatten, der Zwillingsbruder von Tintenfass-Aufdenblatten. Wie sagte schon der einsame Wanderer in Sils Maria: ›Da plötzlich, Freundin, wurde eins zu Zwei.‹ Mit Pater Brown wäre triumphierend auszurufen: ›Es gibt zwei Scarlettis!‹ Wir haben es mit Aufdenblatten in doppelter Ausführung zu tun.

Wie sie sehen, nichts Neues unter der kriminellen Sonne! Nur die ewige Wiederkehr der gleichen Darstellungsmuster durch die Autoren der Detektivromane, hier das Doppelgängermotiv. In Hoffmanns Doppelgänger-Erzählung ruft der vermeintliche Bruder: ›Hab ich Dich endlich getroffen! Nun können wir fröhlich unseren Weg fortwandern nach dem schönen Italia!‹ Aber Pustekuchen: Der Rabe der Weissagerin rauschte von den Bäumen herab und krächzte grässlich: Mord – Mord! So ist das Leben als ein dunkler Mächte krauses Spiel.

Die Suche nach dem zweiten Eidgenossen war nicht einfach, da er als in Südamerika verschollen galt und inzwischen für tot erklärt wurde, auch führte er vorher den Künstlernamen Rudi Böcklin. In seiner Jugend hatte der Schweizer sich als Maler versucht, allerdings ohne Erfolg und war dann in das Fach der Gemäldefälschung und des Kunstdiebstahls gewechselt. Aktenkundig – und darauf stützte sich der Erfolg der Recherchen – war der Tintenfass-Bruder wegen des Diebstahls des Gemäldes ›Eigernordwand‹ von Ferdinand Hodler aus einer Galerie in Bern geworden. Aufgrund der von

Kommissar Lett bei der Kantonspolizei Bern gestellten Bitte um Amtshilfe hat Jakob Studer Junior den für tot erklärten Herrn nach einer wilden Verfolgungsjagd mit seiner Kawasaki im Berner Oberland geschnappt. Aufdenblatten-Böcklin, ein Ebenbild seines Zwillingsbruders, gab zu Protokoll, dass sein Bruder ihn nach Jena eingeladen habe, um an einem großen Joke teilzunehmen, der sich dann allerdings als ein Mord erwies, begangen mit hoher Wahrscheinlichkeit von seinem Bruder Georg. Von dieser Absicht seines Bruders habe er nichts gewusst, auch nichts über die gefundenen Gemälde. Er, Rüdi, habe sich zunächst auf dem Dachboden versteckt und sich zum Zeitpunkt der Tat mit Herrn Professor Monetti gut über Kunst und besonders über Hodler unterhalten, keiner habe diesen Rollentausch bemerkt. Einiges davon war wohl Lüge, denn vermutlich sollte Rüdi über seine kriminellen Netzwerke den Verkauf der gestohlenen Bilder managen, aber dies kann ihm kaum nachgewiesen werden. Das Tintenfass-Alibi war jetzt äußerst fragwürdig geworden, es sei denn, Rüdi hätte den Giftmischer gespielt. Auf jeden Fall waren nicht nur acht Verdächtige bei der Klausurtagung im Haus, sondern, wie bei Agatha Christie, ›ten little n******‹.«

Jetzt wandte sich Spock an Professor Monetti und seine Sekretärin: »Wer war nun der Gast zur Tatzeit im Direktorenzimmer? Georg oder Rüdi Aufdenblatten? Nun, lieber Professor, wer war in ihrem Büro?«

Ein nervös und bleich gewordener Monet antwortete mit unsicherer Stimme: »Natürlich war mein Privatdozent zum Gespräch bei mir, aber vielleicht war ich angespannt und müde und habe die Täuschung nicht erkannt.«

Die Sekretärin schien sich an diesem Punkt an etwas Wichtiges zu erinnern. »Jetzt wo Sie, lieber Spock, fragen, werde ich etwas unsicher, ob Tintenfass tatsächlich der Gast des Direktors war, denn es fällt mir jetzt ein, dass ich mich etwas über die merkwürdige Kleidung von Tintenfass wunderte, auch über dessen ungewöhnliches seltsam-geheimnisvolles Gebaren.«

Spock hakte gleich nach: »Sie, liebe Lola, haben doch die Szene beschrieben, als Sie die Flasche Mineralwaser ins Büro von Professor Monetti brachten. Während der Direktor im Schrank kramte, habe der Gast den Signac bewundernd angestarrt und schien ihn wieder aufgehängt zu haben. Trifft dies so zu?«

»Ja, voll und ganz!«

Geiger warf jetzt ein, dass seine Spurensicherung Fingerabdrücke von Rüdi Aufdenblatten auf dem Rahmen des Gemäldes gefunden hatte. Monet gab aber zu bedenken, dass diese Zeichnung ein Geschenk von Georg gewesen sei und somit möglicherweise von Rüdi stammte, die Fingerabdrücke deshalb alt seien. Aber wiederum trug ein Gemälde zur Aufklärung des Giftmordes bei, denn Spock stellte nun an Lola eine entscheidende Frage nach der Beschaffenheit des Bildes und die Befragte lieferte eine aufschlussreiche Antwort:

»Als Tintenfass den Rahmen der Zeichnung berührte, war ich sehr froh, dass ich in der vergangenen Woche während der Dienstreise meines Chefs die Schränke, Tische und auch die Bilder einschließlich der Rahmen gründlich mit Möbelpolitur von Staub, Schmutz und Spinnweben befreit hatte.«

Spocks Augen wurden so tellergroß wie bei den drei Hunden in Hans Christian Andersens Märchen »Das Feuerzeug«: »Jetzt dürfte klar sein, dass aufgrund der frischen Fingerprints Rüdi der Gast von Professor Monetti war und somit Georg kein Alibi für den Bella-Donna-Mord mehr hat. Arno wurde so, liebe Madame Boerne, liebe anwesende Damen, nicht von einer

Bella Donna, nicht von einer schönen Frau, sondern von dem eitlen und heimtückischen Bösewicht Georg Aufdenblatten getötet, der dann noch die Frechheit besaß, hier im Hause am späten Abend des 14. Juli einen großen Auftritt hinzulegen, da er sich seines Alibis in überheblicher Weise so sicher war. Wie ›sprichworten‹ die Zweibeiner so treffend: Hochmut kommt vor dem Fall. Und Aufdenblatten-Tintenfass wurde zum zweiten Opfer, das Tintenfass tötete das Tintenfass, den Täter hierfür werde ich jetzt entlarven, natürlich auf der Grundlage der Ermittlungen des Detektiv- und Polizeiteams.«

Zuckersüße Aufklärung

»Für den Schierlingsmord besitzt der genaue Ablauf der Ereignisse am Mittag des 15. Juli entscheidende Bedeutung. Wer hatte die Möglichkeit zum Verbrechen? Wer war zum Tatzeitpunkt mit Sicherheit nicht am Tatort?

Mit großer Sicherheit trat der Tod von Georg Aufdenblatten, alias Tintenfass, zwischen 12.00 und 13.00 Uhr ein. Von gravierendem Gewicht bleibt der Besuch von Frank Schlechter im Büro des Opfers gegen 12.00 Uhr. Wie Sie vielleicht wissen, hatte Frank Schlechter ein ganz starkes Motiv für die Beseitigung von Tintenfass, die tragische Story mit Irena, seiner früheren Freundin. Laut eigener Angaben hat Dr. Schlechter gegen 12.10 Uhr den Raum verlassen, kurz nach einem Anruf an den Schweizer. Diese Zeitangabe wurde vom Hausmeister, Herrn Hunzinger, ausdrücklich bestätigt. Auch hat Tintenfass den Anruf entgegengenommen und dieser kam von Professor Monetti. Sie, Herr Direktor, haben somit Frank Schlechter zum Alibi verholfen. Dies wird weiterhin durch ein Telefonat bekräftigt, dass ein Reisebüro kurz danach mit dem Eidgenossen führte. Dieser hatte sich am Morgen nach einem Last-Minute-Flug Richtung Brasilien erkundigt und war jetzt wegen des Flugtickets zurückgerufen worden. Nachdem Lola schon amtlich-polizeilich entlastet ist, haben wir nun von zwei der Verdächtigen den wohl sicheren Nachweis ihrer Abwesenheit vom Tatort in der heiklen Zeit. Allerdings setzt diese Feststellung die gleich folgenden Resultate der Investigation voraus, denn Frank Schlechter hätte ja noch einmal in das Mordzimmer zurückkehren können. Professor Monetti, der ja über den Landner-Zettel und den Gemälde-Fund unterrichtet war, hatte mit großer Sicherheit am Morgen des 15. Juli selbst nach den versteckten Kunstschätzen gefahndet, Tintenfass hatte ihm gegenüber den Dachboden erwähnt.«

Der Angesprochene sprang in höchster Erregung auf und verwahrte sich gegen jegliche Unterstellungen solcher Art, er brauche sich nicht von einer »räudigen Katze« in Verruf bringen zu lassen. Man lebe doch in einem Rechtsstaat, wo Tiere nicht die Rolle der Staatsgewalt innehätten, zum Glück! In den davon hervorgerufenen Tumult rief Geiger laut und bestimmt nach Ordnung und betonte, dass alle Ausführungen von Mr. Spock vorher mit ihm, dem Leiter der Ermittlungen, abgesprochen wurden und er dem geschätzten Kater wieder das Wort erteile.

»Vielen Dank, lieber Commissario! Unter den Zweibeinern gibt es nach meiner Kenntnis den Spruch, dass betroffene Menschen laut schreien, ähnlich wie getroffene Hunde bellen. So scheint mir Herr Monetti sehr schrill und mit Fortissimo reagiert zu haben, er hat wohl doch gelogen und etwas zu verbergen. Madame Boerne fand nämlich nach äußerst gründlicher Suche auf dem Dachboden eine kleine Schraube eines Brillengestells, für die Professor Monetti am Morgen des 15. Juli beim Optiker Ersatz erhielt. Jedenfalls war auch der Direktor intensiv auf der Spur der Gemälde, allerdings ohne Erfolg. Da er am Nachmittag noch mit seiner gewohnten Brille gesehen wurde, fand das Stöbern unterm Dach des Instituts wohl am Abend des 14. Juli statt. Jetzt am Mittag des 15. Juli wollte Monetti von Tintenfass sicher Genaueres über den geheimen Aufbewahrungsort der Gemälde erfahren, er vermutete, dass sein Mitarbeiter diesen kannte, wenigstens wichtige Hinweise darauf. Deshalb machte er sich auf dem Weg in dessen Dienstzimmer und beging den Schierlingsmord!«

* * *

Nach diesem spektakulären Bombeneinschlag und einer scheinbar ewig dauernden Sekunde gespenstischer Stille stürzte Monetti zum Tisch und wollte den Kater packen, was Richard Jury in geübter Manier vereitelte und den Direktor auf seinen Stuhl zurückzwang. Der Kommissar ermahnte den völlig Außersich-Seienden nochmals in aller Deutlichkeit. Nachdem der Gerüffelte wieder etwas zur Ruhe gekommen war, bestritt er heftig die Visite im Büro des Schweizers. Die bislang festen Gesichtskonturen des Porträtexperten zerflossen wie Butter in mittäglicher Sonne. Jetzt trat sein von Unsicherheit, von Minderwertigkeitsgefühlen und zerfressendem Neid geprägter Charakter hervor. Es wurde auch ganz offensichtlich, dass eine solch gebrochene Persönlichkeit mitleidlos und brutal zurückschlagen konnte, wenn sie sich in die Ecke gedrängt fühlte. In diesem Moment hätten sich die erstklassigen Porträtisten von Tizian bis Bacon diesen Monetti als Modell gewünscht.

Vor seinem harten Return schaute Mr. Spock allerdings nicht auf diese denkwürdigen Gesichtszüge, sondern starrte ganz ohn Unterlass, beinahe hypnotisierend, in die Augen von Claire und Nostaw:

»Sie, Herr Monetti, wurden just zu diesem Zeitpunkt gesehen, wie Sie in das Zimmer von Aufdenblatten gingen, von Clair und Nostaw, die damit auch voll entlastet sind!«

Monetti war jetzt noch schwerer angeschlagen und beschimpfte die beiden Professoren-Kollegen mit unflätigen Worten, Clair als »karrieregeile englische Schlampe« und Nostaw als »mit Geist geizenden Schotten-Trottel«, der nicht zufällig früher Watson hieß, wie der einfältige Gehilfe von Sherlock Holmes.

»Mein geschätzter Mitarbeiter«, so Monetti nach kleiner Unterbrechung etwas gefasster, »lebte noch, als ich ihn verließ. Wir beschlossen, gemeinsam die Gemälde zu suchen und dann der Öffentlichkeit zugänglich zu machen! Wir waren uns völlig einig und es gab zwischen uns keinerlei Differenz mehr. Der Fund der Meisterwerke sollte dann im Hotel ›Zum Schwarzen Bären‹ gemeinsam und angemessen gefeiert werden.«

Aber Spock setzte davon unbeeindruckt seine gnadenlose Attacke fort: »Haben Sie mit ihm ein Glas Wein getrunken?«

»Nein, mein Kollege trank etwas aus dem vollen Tintenfass, betonend, dass er in diesen Stresszeiten sein Doping mit Zucker benötige!«

»Wie lange waren Sie im Büro des Opfers?«

»So etwa 10 bis 15 Minuten und der Kollege war noch am Leben, so wahr mir Gott helfe!«

Hier intervenierte Kardinal Poirot mit unüberhörbarem zischenden Fauchen. Laurenz Silvester schlug dann vor, dass zur Beruhigung der Gemüter und zur Erholung aller Beteiligten jetzt wieder Getränke und Leckereien geordert werden könnten.

Der Nachbarskater Sokrates – er hatte schon lange vorher am Fenster das für ihn höchst beunruhigende Stichwort »Schierling« vernommen – sprang wie ein Panther ins Zimmer, schien ganz entspannt zu sein und meinte lapidar, dass solche Zusammenkünfte öfters stattfinden sollten: »Mordsgaudi und Mordsschmaus mit Tischlein-deck-dich! Fehlt nur noch der Katzengoldesel. Fast wie beim Symposion meines athenischen Altvorderen, ohne Schierling, versteht sich!«

Nach Speis und Trank nahmen die Beteiligten wieder Platz und Spock schwang nochmals das Zepter.

»Für den Belladonna-Mord kann ein durchaus raffiniertes Vorgehen des Täters, des Privatdozenten Aufdenblatten, festgehalten werden, nur mit dem Fauxpas der Ausschaltung von Arno ohne das wirkliche Versteck der Gemälde zu kennen. Der Schierlingsmord hingegen fußte auf einigen großen Risiken, auch beging der Mörder, Herr Monetti, einige gravierende Fehler, zumeist aus Überheblichkeit – eitler Dilettantismus war am Werk. Zum ersten verschaffte sein Anruf bei Tintenfass dem höchstgradig verdächtigen Frank Schlechter ein Alibi, zum zweiten verlor unser Giftmischer ein Schräubchen seines Brillengestells am vermeintlichen Versteck der teuren Meisterstücke, zum dritten lebte der Vergiftete nach dem Weggang des Mörders noch ganz kurz und vermochte noch Teile eines Notrufes in Form einer SMS an seinen Bruder Rüdi zu senden, Letts Berner Kollege Studer hat diese 12.27 Uhr abgeschickte Nachricht sichergestellt – ›hilfe giff‹ – damit war der Tatzeitraum auf 12.15 bis 12.27 Uhr eingegrenzt. So kam nur eine einzige Person für die tödliche Giftattacke in Frage – Professor Monetti!! Und viertens hatte der Täter natürlich den Zwilling Rüdi erkannt, Zwillingsbruder Georg war lange Jahre sein Schüler, außerdem musste der Experte für Porträtmalerei den Unterschied bei den Twins sofort erkennen. Dies wird durch einen von Lola mitgehörten Gesprächsfetzen erhärtet: In Anspielung auf Rüdis Künstlernamen ›Böcklin‹ und das Meisterwerk des Schweizer Malers Arnold Böcklin hatte der Professor gefragt: ›Wollen Sie immer noch auf ihrer toten Insel bei Arnold bleiben?‹ Diesen Teil der Aussage von Lola haben wir bisher aus ermittlungstaktischen Gründen zurückgehalten. Fünftens schließlich ...«

Jetzt schrie Monet: »Aufhören, hören Sie auf, es reicht. Ich kann es nicht mehr ertragen. Wie sagte doch Clair, diese Mordtat war eine Wohltat, ein Stück Scheiße wurde beiseite geräumt. Arnos Mörder, ein mitleidloser Erpresser, ein Egomane, ein gewissenloser Zerstörer menschlicher Beziehungen, ein Hochstapler und Schönredner, Sie wissen doch alle, was Irena, Clair und Anja über das Tintenfass dachten, was Frank Schlechter und Gideon Nostaw ihm gegenüber empfanden. Und noch eins, dass sie nicht wissen, aber jetzt muss alles raus: Geliebt habe ich dieses Scheusal, ja, geliebt und deswegen hat er mich so oft ausgelacht und mich damit immer wieder unter Druck gesetzt. Ja, ich habe dieses Übel endlich aus der Welt geschafft! Und ich bin sehr froh, dass er in die ewigen Jagdgründe eingezogen ist, wohl eher in die Hölle der Katholiken! Herr Lett bringen Sie mich bitte zur Polizeiwache, dort werde ich mein Geständnis unterzeichnen.

Und ein letztes Wort hier: Mr. Spock, verzeihen Sie mir wenigstens die heutigen aus Zorn und Hass geborenen Angriffe auf Sie, ich habe Sie doch immer als äußerst kluges und scharfsinniges Wesen betrachtet!«

Schlussakkord mit Hegel-Wein

Geigers Polizeitruppe und Horst Krausse hatten mit dem verhafteten Täter das Haus Baker Street verlassen, auch Anja und Lola hatten zusammen mit Professor Kliemann den Heimweg angetreten. Die über Videoconferencing zugeschalteten Schlachtenbummler des Showdown waren herzlich verabschiedet worden. Völlig gegen seine Gewohnheit hatte Nero Wolfe die Detektivarbeit von Spock und Silvester nicht mit dem für ihn eigentlich höchstmöglichen Lob »Befriedigend!«, sondern wohl zum ersten Male in seiner Laufbahn mit »Exzellent!« bewertet und einen baldigen Besuch in Jena angekündigt, zu einem von der Nero Wolfe Group gesponserten Gipfeltreffen der Kriminalisierer und Orchideenzüchter – natürlich mit Exkursion ins Orchideen-Paradies Leutratal. Sein Adlatus Archie Goodwin würde ihn zu dieser Gala des Detektivismus begleiten, die Top Twelve, die G 12 der Kriminalisierer, würden zusammenkommen – seine Wenigkeit, Sherlock Holmes, Hercule Poirot, Miss Marple, Gideon Fell, Jakob Studer, Gervase Fen, Sam Spade, Adam Dalgliesh, William von Baskerville, Laurenz Silvester und Mr. Spock.

Der Pulverdampf des Gefechtes war weitgehend verflogen, das tataufklärende Gewitter hatte die Atmosphäre gereinigt. Nur der enge Freundeskreis um Spock und Silvester – Carole Anne, Clair, Richard Jury, Nostaw und Neverkühn – saß noch im Wohnzimmer zusammen, die Samtpfoten ruhten zumeist schnurrend auf ihren Lieblingsplätzen. Der fünfte Fehler des Monet war noch mitzuteilen, vorher wollten Clair und Nostaw aber betonen, dass sie jetzt genau wüssten, was das englische Wörtchen »Bluff« eigentlich bedeutet. Beide hatten mitnichten gesehen, dass Monetti ins

Zimmer von Tintenfass ging, goutierten aber Spocks Vortäuschung falscher Tatsachen. »Chapeau! Respekt, Sie katzorianisches Pokerface!«

Spock erhob sich von seinem Kissen: »Ja, die Beweislage war nicht so erfreulich, niemand hatte Monetti gesehen und am Tatort gab es keine ausreichenden Spuren. Der Mörder drohte uns durch die Lappen zu gehen. Da der Professor unter sehr starkem psychologischem Druck stand, schien es erfolgversprechend, ihm die Daumenschrauben anzulegen – war natürlich nicht ganz koscher. Wenn unser zweiter Giftmörder ganz schlau gewesen wäre, hätte er übrigens noch auf Suizid von Tintenfass plädieren können, da hätte die Anklage nur Indizien und kein Geständnis gehabt. Die Sache war sehr diffizil und heikel, aber Silvester und Poirot haben meinem Plan ohne Einschränkung zugestimmt und entscheidende Tipps zu den einzelnen Schritten des Umgangs mit Monetti gegeben. Mit der Beseitigung des Schweizers wollte der Professor zwei Fliegen mit einer Klappe schlagen, den höchst unangenehmen und gefährlichen Mitarbeiter ausschalten und die kostbaren Gemälde in seine Hand bringen, ob nun zu seinem Ruhm oder in finanzieller Absicht. Der fünfte Fehler war übrigens Ausdruck seines Desinteresses an jeglichen Kollegen, für seine Taubheit gegenüber persönlichen Belangen von Mitarbeitern. Es gab zwei nicht leicht zu beantwortende Fragen: Warum fanden sich in der Tintenfasskaraffe und im Glas des Opfers neben dem Wein und dem Schierling Stevia und Zucker? Wieso enthielt das zweite Glas mit den Fingerprints von Frank Schlechter keinen Zucker, obwohl ja in Flasche und Karaffe Zucker gefunden wurde? Monetti wusste im Unterschied zu den Anderen im Hause nichts vom Diabetes des Aufdenblatten, redete wie dieser immer vom Zucker als Doping und war damit auf sein

Mordopfer hereingefallen, ein zuckersüßer Irrtum. In das Weinglas von Aufdenblatten hatte er Zucker und Schierling geschüttet, ebenfalls in das Tintenfass, welches dann Schierling, Zucker und das für Diabetiker geeignete Süßungsmittels Stevia enthielt, denn letzteres hatte der Eidgenosse stets verwendet. Die in der Mülltonne aufgespürte Flasche sollte dann die Lage verwirren und andere stärker verdächtigen. Ein für den Täter verhängnisvoller Fehler, denn die meisten Angehörigen des Instituts waren über den Diabetes im Bilde und wären wohl kaum auf den Gedanken gekommen, auch noch Zucker in die Weinflasche zu geben. Ausreichend Stevia hätte den Mäusegeruch des Schierlings allemal überdeckt – wozu noch Zucker?«

* * *

Ächzend erhob sich der »gute Rabe« Neverkühn aus dem Ohrensessel und krächzte folgendes fulminantes und exorbitantes Lob: »Wir, so hoffe ich im Namen aller Anwesenden zu sagen, sind glücklich und stolz, unseren Mr. Spock zu kennen, wir wollten schon immer einem literarischen Jahrhundertdetektiv beim Ermitteln zuschauen! Deine Rede war von wahrhaft vulkanischem Charakter, so wahr der Enterprise-Spock ein Vulkanier ist! Wir suchten mit Novalis die ›blaue Blume‹ und wir fanden – wie weiland Heinrich von Ofterdingen – Thüringen, den thüringischen Sherlock Holmes, Mr. Spock und seinen kongenialen Partner Laurenz Silvester! Aber auch allen anderen hier aufgetretenen, echten und erfundenen, vier- und zweibeinigen Detektiven vor dem Herrn sei riesiger Dank abgestattet! Ob wir nun wieder in die ›schöne Irrenanstalt der Erde‹, in die ›Sumpfwiesen des Lebens‹

herabfallen oder aber in die Phantasiewelten abtauchen, ob wir nun zurückkehren nach London oder Kaisersaschern, nach Vatikatzenstadt oder Seattle, nach Catbridge oder Jena, jedenfalls tausend Dank! Darauf können die Zweibeiner nur mit einem einzigen Getränk dieses Universums anstoßen: Silvester öffne bitte zur Feier dieses unvergesslichen Tages ein Fläschchen mit der wahrhaft göttlichen Flüssigkeit, Deinem Hegel-Wein!«

Mr. Spock: »Und schenkt mir endlich auch mal einen solchen Tropfen ein!«

* * *

Lassen Sie uns heute diesen miserablen Roman zu Ende bringen, als merkten Sie gar nicht, wie schlecht er ist. Sowie ich nach Hause komme, setz' ich mich hin und schreibe einen für sie, der ihnen gewiss gefällt! Miau! Miau!

Der gestiefelte Kater

Glossar — Who is who

Auf die folgenden Autoren von Detektivromanen, ihre Geschichten und ihre Figuren finden sich verschiedene Hinweise und Anspielungen — Ladies first, aus den Federn von Autorinnen stammen viele der besten klassischen Detektivromane — cherzes la femme — da steckt eine Frau dahinter! Sucht die Frau!

Agatha Christie	Jane Marple und Hercule Poirot — ihre kleinen grauen Zellen prägen die raffinierten Detektivstories der Queen of Crime
Dorothy Sayers	Lord Peter Wimsey — das Muster des Gentleman-Detektivs, zweiter Sohn des 15. Herzogs von Denver, auf seiner Krone sieht man eine zum Sprung geduckte Hauskatze
P. D. James	Adam Dalgliesh — gedichteschreibender Star-Ermittler von Scotland Yard, in schwarzen Türmen auf der Fährte bizarrer und perfider Morde, dort wo Licht und Schatten ist
Martha Grimes	Richard Jury, Melrose Plant und Alfred Wiggins — das schönste und humorvollste Detektivtrio des neueren Detektivromans; Kater Cyrus — die Zierde der Metropolitan Police
Deborah Crombie	Gemma James und Duncan Kincaid — das sympathische Kriminalisten-Ehepaar, auf der gemeinsamen Suche in den stillen Wassern des Todes
Ngaio Marsh	Roderick Alleyn, Gentleman-Detektiv, der »zweite« Lord Peter Wimsey, meist auf Mörderjagd im Theatermilieu

Margery Allingham	Albert Campion, private Spürnase, aristokratischer, hochgebildeter Cambridge-Absolvent
Elisabeth George	Barbara Havers (working class) und Thomas Lynley (old upper class) — zwei vielschichtige und schwierige Charaktere als Meisterermittler
Amy Myers	August Didier, französischer Koch und Hobbyspürhund
Rex Stout	Nero Wolfe — der scharfsinnigste Detektiv aller Zeiten (armchair detective), Gourmet und Orchideenzüchter; Archie Goodwin — Wolfes Adlatus
Arthur Conan Doyle	Sherlock Holmes und John Watson — die berühmtesten Detektive der Literaturgeschichte, London, Baker Street
Edgar Allan Poe	C. Auguste Dupin — der erste literarische Detektiv (first fictional and gentleman detective); Kater Plato
Umberto Eco	William von Baskerville, Hauptfigur im erfolgreichsten Kriminalroman des 20. Jahrhunderts »Der Name der Rose« — auf der Spur von Aristoteles' zweitem Buch der Poetik über das Lachen
Gilbert Keith Chesterton	Pater Brown — ein katholischer Priester als Detektiv, ein schlauer Fuchs im Weinberg des Herrn
Friedrich Dürrenmatt	Kommissär Matthäi, sein Fall Gritli geschah am helllichten Tag
Friedrich Glauser	Jakob Studer, Wachtmeister der Berner Kantonspolizei mit Töff

Edmund Crispin	Gervase Fen, Professor für englische Literatur in Oxford, ein wandernder Spielzeugladen mit faszinierendem Scharfsinn
Michael Innes	Sir John Appleby, exzentrischer Ex-Chefinspektor von Scotland Yard mit Schwäche für kultivierte Tagträumereien; sein Schöpfer war Professor für englische Literatur in Oxford
S. S. van Dine	Philo Vance, Detektiv für Intellektuelle, Kunstsammler, Philosoph, asketischer Zyniker
John Dickson Carr	Dr. Gideon Fell, skurril-bizarrer und brillant kombinierender Privatermittler, beleibter Biertrinker
Dashiell Hammett	Sam Spade, hartgesottener Privatschnüffler in San Francisco, mit einem gläsernen Schlüssel auf der Suche nach dem Malteser Falken
Lawrence Block	Bernie Rhodenbarr, Detektiv und Spinoza-Fan mit langen Fingern
Raymond Chandler	Philip Marlowe, harter, Whiskey trinkender Einzelgänger in einer unbarmherzigen Welt, Schachliebhaber
Arthur W. Upfield	Napoleon Bonaparte – ermittelt in Queensland, Australien
Georges Simenon	Jules Maigret, pfeiferauchender Kriminalkommissar in Paris, setzt auf Intuition und gesunden Menschenverstand

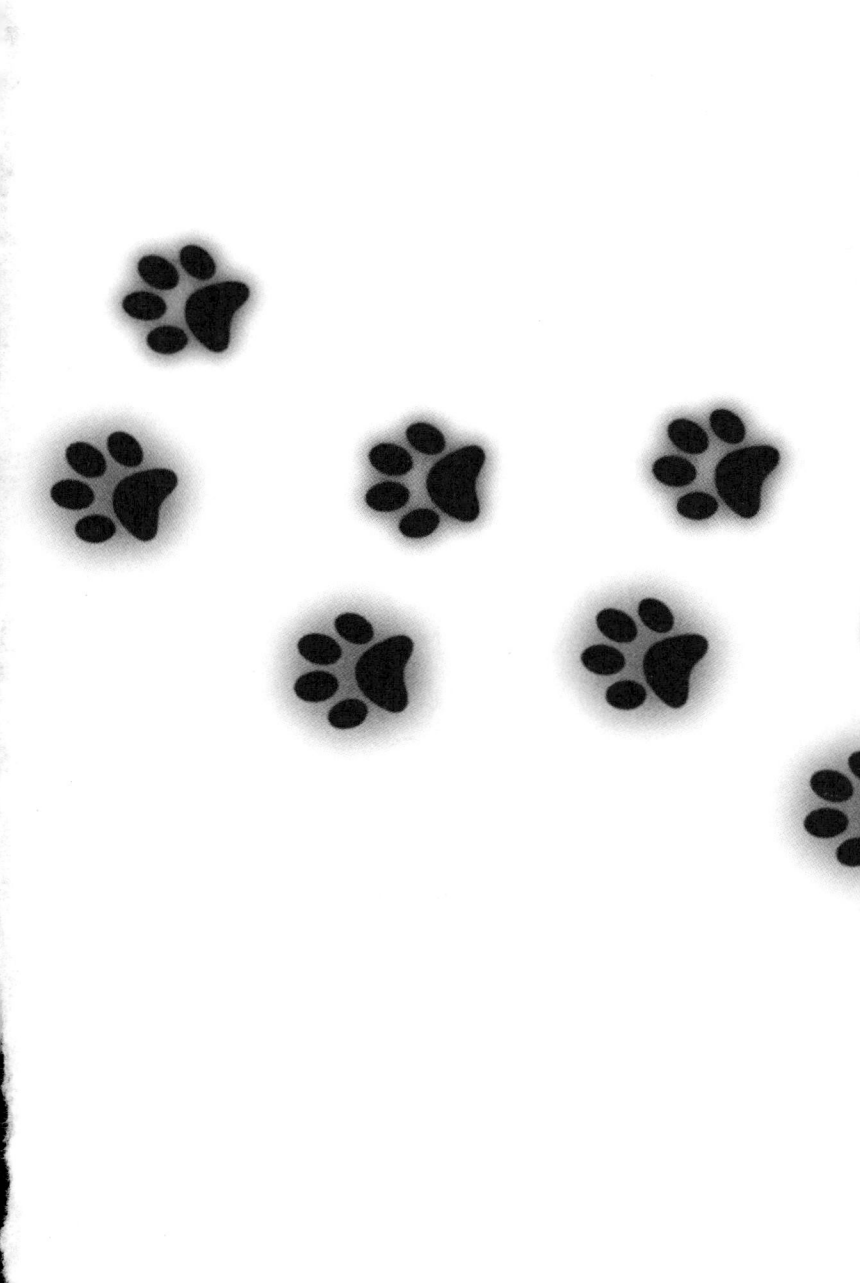

www.mauke-verlag.de